COLLECTION SÉRIE NOIRE
Créée par Marcel Duhamel

Parution du mois

2469. TUEZ UN SALAUD !
(COLONEL DURRUTI)

2470. BERLIN L'ENCHANTEUR
(COLONEL DURRUTI)

2471. TREIZE RESTE RAIDE
(RENÉ MERLE)

2472. LE VEILLEUR
(JAMES PRESTON GIRARD)

428. CLASSE TOUS RISQUES
(JOSÉ GIOVANNI)

1599. APRÈS LE TRÉPAS
(ED McBAIN)

JOSÉ GIOVANNI

Classe tous risques

nrf

GALLIMARD

© *Librairie Gallimard, 1958.*

CHAPITRE PREMIER

Raymond ne pouvait pas retirer sa veste, à cause du Colt qu'il portait dans un étui, sous son aisselle gauche. C'était le printemps, mais il faisait déjà chaud. Le soleil montait dans le ciel.

— Il ne viendra donc jamais, murmura Abel.

Les yeux de Raymond se posèrent sur le visage de son ami. Il semblait que, depuis la dernière histoire, les rides le creusaient davantage.

— Il est obligé de passer par là, dit-il d'une voix très calme.

— Tu parles ! Avec tout ce qui est obligé, on devrait jouer les seigneurs, à Miami. Et t'as vu où on en est ?

Raymond « avait vu », en effet. Il était aux premières loges.

— Marchons un peu dans cette rue à droite, dit-il, on se fera moins repérer.

Ils quittèrent la via 20-Settembre et prirent la via Giolitti.

— N'allons pas trop loin, dit Abel.

Ils s'éloignaient du parcours de l'encaisseur qui,

pour rejoindre la Banca popolare di Novara, suivait la via 20-Settembre et prenait, à gauche, la via Alfieri.

— Si on continue à traîner sur le boulevard, dit Raymond, on va se faire retapisser à zéro.

Abel haussa les épaules. Au point où ils en étaient, s'ils avaient dix témoins contre eux, ou mille, ça ne changerait pas grand-chose.

— T'as une pipe ? demanda Abel en froissant le papier de son paquet vide et en le jetant devant lui.

Raymond tendit son paquet. Il ne partageait pas l'impatience d'Abel.

— On aura toujours le temps de retomber dans le même merdier qu'à Milan, insinua-t-il.

— On s'en est tirés, ou pas ? On est tombés sur un dingue, on n'y pouvait rien. En France, t'en as vu des encaisseurs comme ça ?

— On n'est pas en France, fit Raymond.

— Un homme, c'est un homme, non ? Avec un flingue sur le ventre, ça se fait beaucoup de lever les bras en l'air et de fermer sa gueule.

— Faut croire, qu'à Milan, ça ne se fait pas.

Abel aurait donné dix ans de sa vie pour être plus vieux d'une heure. Il s'obligeait à croire que tout irait bien. Ce qu'ils allaient faire était encore la solution la plus rapide et la moins dangereuse.

— Je te dis qu'on était tombés sur un dingue, c'est pas possible autrement, assura-t-il.

Ils se trouvaient en plein centre de la ville. La circulation assez intense permettait néanmoins aux voitures de rouler rapidement, grâce aux avenues rectilignes, aérées. Les passants, eux, ne se précipitaient pas, ce qui laissait le loisir d'apprécier les jolies filles.

À une certaine époque, Raymond était décontracté au point de baratiner une fille cinq minutes avant une agression. Aujourd'hui, il n'était disposé ni à la bagatelle ni à l'agression pourtant assez proche.

— Si ça marche, on pourra rester un peu, dit-il. Mais si ça foire, il faudra quitter le patelin en dix minutes.

— On le quittera, déclara Abel en s'arrêtant.

Il voulait revenir sur ses pas pour se rapprocher du point repéré à l'avance sur la via 20-Settembre.

Ils se mirent en mouvement dans cette direction, mais Raymond avançait à peine. Il s'immobilisa et tira Abel par la manche.

— Tu sais bien qu'on n'est pas seuls, dit-il. Le temps de rassembler les autres et on sera bloqués dans la ville. C'est couru d'avance.

Ils parlaient dans un murmure, tandis qu'une sorte d'instinct animal figeait leurs visages dans l'immobilité.

— Le truc de Milan, on n'avait jamais vu ça, dit Abel. Et on ne le reverra pas de sitôt.

Raymond pensait le contraire. Le type lui avait semblé naturel, pas affolé le moins du monde. Raymond avait même eu l'impression qu'il s'attendait à la fuite des deux gangsters. Mais cela, il ne savait pas comment le faire comprendre à Abel.

— On n'est sûrs de rien, et c'est pas un pays comme les autres, dit-il seulement.

— On n'a pas le choix, fit Abel.

Et ça l'énervait de discutailler inutilement.

— C'est pas à un jour près, dit Raymond, et plus l'heure approche, plus ça me fait drôle...

Abel eut envie de lui demander s'il avait le trac, mais il s'abstint. On ne posait pas une question pareille à un homme de la trempe de Naldi.

— Demain, il n'y aura rien de changé, dit-il. Sauf qu'on aura besoin de fraîche encore davantage.

— Écoute, dit Raymond Naldi en regardant son ami au fond des yeux, c'est pas d'aujourd'hui qu'on est ensemble ! On se croit toujours obligés d'y aller à tout va et de se démerder après. C'est trop grave, ce qui s'est passé à Milan, et, encore une fois, tu sais bien qu'on n'est pas seuls. Alors, j'ai pensé à quelque chose qui les sauverait, eux d'abord, pour qu'ensuite ça pèse moins lourd pour nous.

— T'as pensé à ça ? murmura Abel Davos. (Et il éprouva le besoin de donner beaucoup de lui-même.) J'avais toujours cru que tu pensais à t'arracher seul, continua-t-il.

— J'y ai pensé, avoua Raymond. Dans ces cas-là, on pense à tout, c'est malgré soi.

La main d'Abel se referma sur l'épaule de Raymond, et ils regagnèrent la Fiat qui les attendait sur l'avenue, le capot pointé vers les portes de la ville.

Ils s'installèrent paisiblement dans la voiture. Ça leur parut bon de ne pas être contraints à démarrer en trombe, par la foule immobilisée sous la menace des armes.

Ils habitaient Turin depuis une quinzaine de jours, dans une villa qui, bien que relativement modeste, revenait très cher. Ils traversèrent le Pô au pont Umberto-I. La maison était située à environ deux kilomètres du fleuve, un peu avant la place Adua. L'endroit était calme, en dehors de la ville. La maison ne comportait pas de garage mais, entre la grille et les deux marches du perron, il était possible de garer une voiture.

Abel et Raymond rentrèrent la Fiat. Ce n'était pas une voiture volée. Cependant, ils jugeaient préférable de ne pas l'exposer aux regards, devant la maison.

Dans ce pays, une Fiat standard, c'était une tranquillité. L'Italie regorgeait de Fiat. La voiture appartenait à un ami de Raymond qui se la coulait douce à Pescara, sur les bords de l'Adriatique. Il l'avait prêtée, mais, étant donné la situation de Raymond, il savait que les chances de revoir son véhicule étaient faibles ; mourantes, même.

Raymond et Abel utilisaient le système, toujours efficace, des plaques minéralogiques interchangeables.

Au bruit du moteur, Thérèse jaillit de sa cuisine, et les deux garçons, qui jouaient aux fléchettes contre une vieille porte, derrière la maison, coururent vers les deux hommes. L'aîné s'appelait Hugues ; il avait quatorze ans. Marc, le plus jeune, était âgé de dix ans. Ils ressemblaient à leur père. Ils étaient, comme lui, assez taciturnes et physiquement durs. Ils se plaignaient rarement. Thérèse souffrait parfois de sentir qu'ils se dérobaient aux caresses, mais leurs actes prouvaient souvent une maturité précoce, l'amour qu'ils portaient à leurs parents et une sorte d'étonnement chaque fois qu'il fallait boucler les valises. Depuis six mois, ils ne fréquentaient plus l'école.

Abel Davos s'inclina sur le visage de Thérèse et

l'embrassa légèrement sur le front, près de la tempe. Elle était jolie, mais ce n'était pas le genre de femmes sur lesquelles les hommes se retournent dans la rue — ou ailleurs. Sa beauté était secrète, tout en finesse dans les traits et les proportions. On la découvrait progressivement. Elle posa ses yeux sombres sur son mari.

— On n'a rien fait, dit-il. (Il se retourna vers ses enfants qui dévisageaient les deux hommes sans rien dire.) Hugues, emmène ton frère. Allez jouer...

Ça n'avait pas l'air de les enchanter.

— Maman vous appellera, dit Thérèse en appuyant sa main sur la nuque de son aîné.

Raymond, déjà affalé dans l'unique fauteuil de la salle à manger, près de la fenêtre, accueillit le couple d'un geste large. Abel et lui étaient tombés d'accord, dans la voiture.

— Un petit voyage, ça vous dirait quelque chose ? demanda-t-il à Thérèse.

— La prochaine fois, ça ne vaudra même plus la peine de défaire les valises, remarqua-t-elle.

— Je crois que si, dit Abel.

Il éprouvait le besoin furieux, avide, d'un toit stable qui abriterait sa compagne et ses fils.

Ils ne possédaient presque plus d'argent et elle n'osait pas les questionner. À ce sujet, elle écoutait ce qu'Abel voulait bien lui confier, sans plus. Depuis l'affaire de Milan, elle pensait qu'elle aurait dû rester à Genève avec les gosses.

— On va rentrer en France, annonça Raymond.

— En France ? balbutia-t-elle. (Elle se passa une main sur le front.) Mais c'est impossible, voyons !...

— C'est le mieux, dit Abel en allumant une cigarette. J'en ai causé avec Raymond et y a rien de mieux.

Les yeux de Thérèse allaient de l'un à l'autre et s'arrêtèrent sur Abel.

— Comme tu voudras, fit-elle. Mais, là-bas, où irons-nous ?

— Chez moi, répondit Raymond. Vous et les gosses. Vous pouvez pas continuer à vous trimbaler comme ça. Avec Abel, on se défauchera mieux en France. On fera gaffe, voilà tout.

— C'est Paris, chez vous ? s'enquit-elle.

— Non. Mes vieux sont fermiers à la sortie de Toulouse. On pourra pas se rapprocher de là, avec Abel. Je vous donnerai une lettre pour eux.

Une tristesse infinie l'envahit. Il lui faudrait vivre chez des étrangers, loin d'Abel, sans nouvelles, réduite à se tranquilliser en parcourant les journaux.

— C'était bien la peine..., dit-elle simplement.

Dans ces cas-là, Abel, déjà peu loquace, ne disait plus rien. Mais Raymond n'en était plus à s'en étonner.

— Ne vous en faites pas, dit-il à Thérèse. C'est pas pour toujours, non ?... Ah ! bien sûr, si on avait pu toucher le paquet ici, et patienter quelques années, y aurait pas eu meilleur. Seulement voilà... ici, ça va mal. Plus que mal, même.

Elle savait que Naldi s'était mouillé jusqu'aux yeux dans le gang de Pierre Loutrel[1] et pour qu'il reconnaisse que les choses n'aillent pas, il fallait qu'elles

---

1. Pierrot le Fou numéro un.

soient inquiétantes. Néanmoins, la France se dressait comme un épouvantail. On y attendait Abel et, s'ils le trouvaient, il était mort. Thérèse n'avait plus envie de dire quoi que ce soit.

— On va manger et tu partiras à l'avance avec les garçons, décida son mari. Nous, on n'a pas terminé. Tu as un train direct jusqu'à Vintimille. Demain soir, on y sera aussi. (Il sortit des billets de banque de sa poche, environ cinquante mille lires, et les tendit à sa femme.) Prends ça.

Elle serra les billets dans sa main.

— Et toi ? questionna-t-elle.

Elle savait que cette somme représentait le reliquat de l'affaire de Milan.

— Demain, on passe à la banque, railla Raymond.

Elle regarda Abel. Son visage fermé était mélancolique. Elle le trouva subitement vieilli. Il était plutôt grand et large d'épaules. Elle jugeait que rien n'était commun en lui. Cela tenait sans doute au regard. Dans les yeux de son mari, Thérèse retrouvait un homme que nul ne connaissait, qu'il était vain d'essayer de faire connaître, tellement il lui apparaissait différent de celui que toute la presse appelait l'ennemi public.

— Je vais appeler les petits, dit-elle en quittant la pièce.

— Ça ira mieux dans quelques jours, assura Raymond à son ami.

Abel amorça un geste évasif. À table, il ne desserra pas les dents. Il fit semblant de ne pas remarquer les regards attentifs que lui lançaient ses fils, au-dessus de leur assiette. Thérèse adressait des plissements de lèvres à Raymond, qui devinait combien il était difficile de sourire lorsqu'on avait envie de pleurer.

Vers la fin du repas, elle annonça aux enfants qu'ils prenaient le train dans l'après-midi.

— On revient à Genève, m'man ? questionna Marc.

C'était invariable ; il le demandait toujours, comme on réclame un bien perdu.

— Mieux que ça, chéri, dit-elle.

Pour Thérèse aussi, c'était invariable. À l'occasion de chaque départ, elle leur répétait la même chose. Abel nerveux quitta la pièce, alors que Raymond mangeait encore.

— Oncle Ray, tu viens avec nous ? questionna Hugues.

Avant de répondre, il leva les yeux sur Thérèse.

— Je pense bien ! fit-il. On reste ensemble, et tu vas voir mon patelin ! T'as pas idée du patelin que c'est ! J'ai jamais trouvé le même.

— C'est comment ? demanda Marc.

Raymond ouvrit la bouche dans un élan explicatif et la referma sans proférer un son. Le plus beau coin de la terre, on ne trouve pas de mots pour le dépeindre.

— C'est dur à expliquer... Mais tu t'allonges près du fleuve, et tu voudrais plus t'en aller, dit-il lentement.

— Alors, pourquoi t'es parti ? dit Hugues.

Raymond repoussa son assiette et se leva. Il ne savait quoi faire ni quoi dire. Il se décida à rejoindre Abel.

— Vous nous embêtez avec vos questions idiotes !

lança Thérèse pour rompre le silence. Allez, ouste ! je vous embauche pour faire les valises.

— Si vous avez besoin, on est derrière la maison, dit Raymond avant de sortir.

Il y retrouva Abel, assis sur une pierre, les coudes sur les genoux, le dos au mur.

— Ils font les valises ? interrogea-t-il.
— Oui.
— Qu'est-ce qui te reste comme fric ?

Raymond extirpa ses billets et quelques pièces.

— Ça ressemble à cinq mille lires.
— J'ai jamais été aussi raide de ma vie, constata Abel.
— J'ai connu pire, juste avant de travailler avec Pierrot. On s'en sort toujours plus ou moins, affirma Raymond.

Il ramassa des petites pierres et entreprit de les lancer une par une, dans un pot de fleurs vide, situé à quelques pas.

— On va se rancarder sur les horaires, fit Abel. Savoir à quelle heure le dur passe à Carmagnola et à Savigliano. Si on devait larguer la bagnole, ça nous aidera.

Dans l'esprit de Raymond, la seule aide valable résidait dans le départ de Thérèse et des enfants. Ensuite, bagnole ou train, c'était du kif ! Une poursuite, c'est bizarre. C'est la chance qui joue. On ne réfléchit plus. On agit d'instinct, sans discerner nettement si on est dans le vrai.

— Nous deux seuls, ce sera plus pareil, dit Raymond.

Ils comptaient parmi les meilleurs spécialistes du continent.

Thérèse vint leur demander si elle devait enfermer leurs affaires.

— Oui, répondit Abel. Tu boucles tout. On reste avec ce qu'on a sur nous.

Peu après, elle leur annonça qu'elle était prête. Deux valises, une pour elle et une pour les deux enfants. Dans la vie qu'ils menaient, il n'y avait place que pour le strict nécessaire.

La logeuse habitait de l'autre côté de la place Adua. Le fils, qui parlait français, était absent. Thérèse dut revenir sur ses pas et prier Raymond de l'accompagner. Il était le seul des trois à s'expliquer convenablement en italien. Le loyer était payé d'avance. Thérèse inventa une histoire de parente à l'article de la mort, annonçant leur départ pour le lendemain à la première heure. Inutile que cette commère s'étonne d'une séparation familiale ; d'ailleurs, elle n'avait jamais vu Abel.

À la gare de Porta Nuova, Raymond Naldi glissa une feuille de papier dans la main de Thérèse.

— C'est la lettre pour mes vieux, avec l'adresse.

Il n'ajouta pas : « On ne sait jamais. » Son acte se passait de commentaires.

Dans sa surprise de recevoir la lettre là, alors qu'il serait bien temps en France, elle ne sut que répondre et la rangea dans son sac. Il lui pressa légèrement le bras et s'éloigna. Les garçons étaient devant, avec Abel. Au passage, il appuya une seconde ses deux mains sur la tête des enfants, puis se dirigea vers le buffet.

— J'attends là-bas, fit-il à Abel avec un geste du pouce.

Les deux hommes n'avaient pas intérêt à se montrer ensemble, surtout dans la gare d'une grande ville toujours plus ou moins surveillée par la police. Et puis, les embrassades sur un quai, ce n'était pas le genre de Naldi. Il fuyait cette sorte de cérémonie comme l'on tente de se débarrasser d'un malaise.

Abel attendit avec ses enfants, au milieu des valises, que Thérèse revînt, munie des billets et escortée d'un porteur. Le train partait dans quarante-cinq minutes.

Pour Abel, qui pensait à la partie qu'il jouerait demain, cette attente n'en finissait plus. Marc et Hugues suivaient des yeux l'agitation de la gare et percevaient de tous leurs sens cette ambiance particulière, avec son odeur de voyage.

Le train se formait là. Dès qu'il fut possible de s'installer dans un compartiment, Abel attira son fils aîné un peu à l'écart et se pencha vers lui.

— Tu vas rester seul avec ton jeune frère et ta mère. T'es un petit homme, maintenant ! (Hugues acquiesça d'un signe de tête. Sa gorge se nouait.) Tu sais, fils, continua Abel avec difficulté, j'ai des ennemis, beaucoup d'ennemis... Mais, bientôt, on sera tranquilles. On voyagera plus et on sera heureux tous ensemble...

— T'inquiète de rien, p'pa, j' les protégerai, dit Hugues.

Sa voix sonna, très claire, tendre comme la jeunesse. « Ce n'est qu'un enfant », pensa Abel, et, en posant ses mains sur ses épaules, il lui dit d'un ton qu'il désirait ferme :

— J'ai confiance en toi.

Un élan d'exaltation souleva Hugues et ils s'embrassèrent. Ils rejoignirent Thérèse et Marc. Abel manœuvra pour ne pas s'isoler avec sa femme, ne sachant que lui dire et n'aimant pas prononcer des mots inertes, nuls. Il souleva Marc du sol et l'embrassa sur les joues, trop vite et trop bruyamment.

— Écoute bien ton grand frère, recommanda-t-il.

Il consulta sa montre ; il devait descendre sur le quai. Il serra un instant Thérèse contre lui.

— Ça ira, tu verras, murmura-t-il. Ça ira sûrement. (Elle s'accrocha un peu, les mains sous les revers de son veston.) À demain, dit-il encore en se dégageant.

Elle voulut lui recommander la prudence, mais ne le fit pas. Dans ce qu'il allait tenter, la prudence était exclue.

Et le train démarra doucement, avec ses mouchoirs et ses mains qui s'agitaient, comme des papillons pris au piège.

Le lendemain vers midi, la Fiat, moteur en marche, attendait, rangée le long du trottoir d'une petite rue.

À la réflexion, ils avaient jugé préférable de courir sur une cinquantaine de mètres, pour éviter un malencontreux embouteillage en démarrant avec la voiture.

Ils n'avaient pas de chauffeur pour embrayer à la seconde, et ils n'étaient pas trop de deux pour l'agression proprement dite.

L'encaisseur, vêtu de l'uniforme de sa banque, ne transporterait évidemment pas des sommes importantes. Donc, il n'était pas escorté. Raymond et Abel ne connaissaient personne dans cette ville, aucun indicateur apte à leur désigner les convoyeurs de fonds en civil, signe certain de sommes plus considérables. Force leur était donc de se rabattre sur le simple encaisseur qui, à la fin de sa tournée, devait transporter de trois à quatre cent mille lires.

Ils n'avaient pas de matériel pour effectuer un cambriolage. Quant à pénétrer dans une enceinte fermée, les armes à la main, en plein jour (bijouterie et autres...), pas question. Il y avait des sonneries d'alarme fixées au sol et actionnées avec le pied ; le temps de rassembler quatre sous et les flics fermaient la rue.

C'était un vendredi matin.

— En fin de semaine, les gens envoient la fraîche d'un cœur plus léger, dit Raymond.

L'idéal consistait à croiser l'encaisseur à la hauteur d'une sorte de hall qui groupait des vitrines publicitaires. Dès l'arrachement de la sacoche, une poussée brutale jetterait l'homme dans ce renfoncement.

Ce détail qui n'avait l'air de rien, devait suffire à dévier l'intérêt des gens. Les badauds se grouperaient, s'agglomèreraient, jusqu'à empêcher l'agressé ou les agressés de s'expliquer clairement, de respirer même et, dans tous les cas, de poursuivre les gangsters, ne serait-ce que sur deux mètres.

C'est Abel qui aperçut, le premier, l'homme attendu. Il ne portait pas d'arme apparente. D'assez loin, il ressemblait comme un frère à celui de Milan.

D'ailleurs, la disposition des lieux, elle aussi, rappelait Milan. En marchant à la rencontre de l'encaisseur, Raymond et Abel avaient des pensées identiques. Ils allongèrent le pas, sur les derniers mètres, pour croiser leur client au bon endroit.

C'était un personnage de taille moyenne, plutôt sec. Il encaissait pour le compte de sa banque depuis vingt ans. Parvenu à la fin de cette tournée matinale, il songeait que les prochaines chaleurs ne tarderaient plus. Bien qu'il n'eût que peu de graisse à perdre. Ce n'était pas comme sa femme Angelica... Cela l'amena à penser que Guiseppe, son fils cadet, avait encore besoin de chaussures. Incroyable ce qu'il pouvait user comme godasses, à force de jouer au foot avec de vieilles boîtes et des palets de bois. Il soupira, et ça venait de loin, puis, sa marche se trouva bloquée par deux hommes qui venaient en sens inverse et, à hauteur de poitrine, par le canon d'un automatique pointé vers lui.

— *La borsa, e presto !* intima Raymond qui tenait son arme contre son corps.

Ils faisaient bloc à trois, sans gestes et sans cris, de sorte que les gens n'avaient pas encore eu le temps de réaliser l'incident.

L'action n'était commencée que depuis une seconde. La main d'Abel se referma sur la sacoche, et tout se déclencha exactement comme à Milan.

L'encaisseur porta sa main libre à sa poche, amorçant le geste de saisir une arme, en criant :

— *E via !... E via !...*

Naldi pressa la détente à deux reprises. L'Italien eut un sursaut et ses traits revêtirent la stupeur la plus absolue.

Le bruit se répercuta dans la foule, et des centaines de têtes se retournèrent. Un brouhaha monta. Abel arracha la sacoche et ils s'enfuirent, en même temps que tombait le corps de l'encaisseur.

La Fiat démarra en trombe. Raymond conduisait.

— Quel pays de cons ! jura-t-il. T'as vu ça ! Avec un Colt sur le ventre, faut être cinglé, ma parole !...

— Ça dépasse tout, fit Abel. Qu'est-ce qu'il a dit ?

— Allez-vous-en ! ou un truc dans ce goût-là.

Raymond emprunta un dédale de rues pour mieux s'assurer qu'on ne les suivait pas. Il rejoignit le Pô à la hauteur du pont de la Princesse-Isabella.

— Ça fait deux sur la soie, dit-il. Mais qu'est-ce qu'ils ont donc, ces connards, à se mettre à gueuler en prenant leur flingue ! C'est du suicide ou j'y connais rien.

— Il n'est peut-être pas mort, dit Abel, le nez dans la sacoche.

— T'as dit ça aussi à Milan.

— On avait défouraillé tous les deux. Aujourd'hui, ça change. Il a morflé où ?

— J' sais pas. J'ai tiré tout droit. Et puis j' m'en fous. On lui a demandé la sacoche, on lui a pas dit de jouer les héros ! Après tout, c'est pas son fric.

Abel avait terminé son évaluation.

— Trois cent mille et des poussières, annonça-t-il.

— Et on est pas sortis de l'auberge. Parce que j'aime autant te dire qu'il faudra qu'ils y mettent le taffe s'ils veulent m'encrister.

Abel ne répondit pas ; ça coulait de source. Il fit deux parts de la somme et fourra les billets dans les poches de Raymond.

— Une misère, soupira-t-il.

Il rangea son argent dans ses poches intérieures, sortit son flingue et le posa sur ses genoux. L'acier, d'un bleu noir, luisait d'un éclat réconfortant.

À un kilomètre de Moncalieri, ils quittèrent la nationale pour emprunter une route d'un trafic très inférieur en direction de Cariguano.

— On est mieux là-dessus, dit Abel qui en avait marre de voir des voitures dans le rétroviseur, sans parler de celles qui les croisaient.

— Regarde la carte, dit Raymond. J'ai pas envie de rappliquer trop près de la frontière. I' vont téléphoner là en premier. On va descendre sur la mer.

Abel suivit une ligne sur la carte, avec le doigt.

— T'auras qu'à virer à gauche un peu après Savigliano, vers Mondovi et Ceva. Mais on s'est vachement rallongés...

Thérèse et les gosses devaient compter les minutes. Il ajouta :

— Le bord de mer, ça m'emballe pas.

— Faudrait savoir, grogna Raymond. Y a qu'une tire et on est deux.

— T'as pas l'idée de la garder pour tes vieux jours des fois ?

— C'est pas la question. Tu sais bien qu'elle est sacrifiée. Mais pour cette putain de frontière, c'est mieux de descendre vers la baille. Même pour passer en France, ça sera dans la poche. C'est pas possible de longer la frontière jusqu'à Vintimille. Faut faire un angle.

Et sur le pare-brise, son doigt esquissa la forme d'une équerre.

Abel ne répondit pas, mais déjà la voiture fonçait vers Fossano et Mondovi. « Fonçait » était une simple image. L'état de la route déclencha le répertoire de Naldi ; il jurait en plusieurs langues.

— T'as peut-être raison, dit Abel au bout d'un long moment.

Sans doute voulait-il parler de l'idée d'obliquer vers le littoral.

Après Ceva, ils appuyèrent encore à droite, sur Boguasco et la montagne. Il était trois heures de l'après-midi ; aucune voiture ne les avait doublés et ils ne croisaient que, de loin en loin, un véhicule utilitaire de la région.

Ils s'arrêtèrent pour vider un jerrican de vingt litres dans le réservoir de la Fiat. Ils calculèrent le kilométrage sur la carte. De Turin à Imperia, point de contact avec le littoral, suivant leur itinéraire, il n'y avait que deux cents bornes. Et, ensuite, une cinquantaine pour rejoindre Vintimille.

Ils repartirent ; ils n'étaient plus qu'à soixante-quinze kilomètres d'Imperia. Le moteur était soumis comme une femme, un soir de paye.

Après le passage des cols, lorsque le paysage s'adoucit et que le ciel sembla rejoindre la mer dans le flou des bleus, à l'horizon, ils se mirent à fredonner. Les chansons d'Abel retraçaient toujours de sombres destinées, mais il chantait, et ce chant exprimait sa joie, quoi qu'il dépeigne. Les doigts de Raymond pianotaient sur le volant, marquant le rythme.

Et ce fut à la sortie de Chuisa-Vecchia, à treize kilomètres de la mer, que la chose arriva.

— Sacré bon Dieu ! jura Raymond, les dents serrées.

Quatre ou cinq pandores, apparemment chargés de la police routière, regardaient dans la direction de la Fiat.

Contraint à ralentir dans la traversée de la localité, Raymond ne roulait qu'à cinquante à l'heure. Mais il semblait aux deux hommes que le danger tombait sur eux à la vitesse de l'éclair.

Un des flics était sur la route. Ni lui ni les autres ne faisaient signe de stopper. Cependant, le trafic routier habituel ne nécessitait nullement leur présence à cet endroit.

— Qu'est-ce qu'on fait ? siffla Raymond.

— On y va doucement et on reluque le paysage, répondit Abel en manœuvrant le cran de sûreté de son flingue.

À la hauteur des flics, ils constatèrent, en plus de la présence d'une grosse moto rangée perpendiculairement à la route, un certain remous, sorte de flottement déclenché par un ordre.

Un bras se leva et ils perçurent des appels.

— Ça ne va plus, fonce ! jeta Abel.

— J'y comprends rien, dit Raymond en écrasant l'accélérateur, on dirait pas qu'ils viennent exprès ! Tu les as vus ? Vas-y, vas-y pas ! Les types que tu braques t'envoient au diable comme si tu les chatouillais avec un brin d'herbe et les condés qui t'attendent à un tournant, hésitent, comme un gonze qui voudrait proposer la botte à Françoise Arnoul...

Naldi, c'était son genre ; il aimait les filles au regard expressif. Dans le rétroviseur, il vit la moto qui les poursuivait, mais sa pensée ne se détacha pas immédiatement de la femme qu'il venait d'évoquer.

Abel, lui aussi, avait vu la moto ; il espéra que ce n'était pas celle des flics, bien qu'au fond de lui-même, il fût certain du contraire.

— C'est peut-être pas eux, suggéra-t-il.
— Tu parles ! fit Raymond.

Il dégaina son Colt et le posa sur ses jambes.

Ils n'étaient plus qu'à cinq kilomètres du littoral. Le motard serait sur eux avant ça.

Abel se retourna pour apprécier la distance. La voiture amortissait mal les secousses et l'angle de tir était mauvais. Le motard roulait dans l'axe de la Fiat. Ils ne pouvaient pas pénétrer dans le prochain centre, à Imperia, avec ce dogue aux fesses.

— Ralentis, serre sur ta droite et fais-lui signe de passer, dit Abel.

Raymond obéit et le carabinier motorisé en suffoqua d'étonnement. Il patrouillait dans la région lorsqu'il avait rencontré un groupe de collègues, qui attendaient qu'un camion vienne les récupérer. Tout ce monde n'avait donc pas grand-chose à faire sur ce tronçon de route, et, dans tous les cas, nullement l'intention de stopper la moindre voiture.

Au passage de la Fiat, ils n'avaient pas gesticulé plus que d'habitude. Leur groupe, bien qu'animé par des esprits d'une subtilité relative, avait réagi devant la subite accélération de la voiture. D'où la poursuite du motard, qui venait comme ça, histoire de se rendre compte. Maintenant, ils le priaient de passer, croyant peut-être qu'il n'aspirait qu'à les doubler. « Qu'est-ce que c'était que ces cocos-là ? », pensait-il.

Parvenu à l'avant de la bagnole, il tendit le bras. Raymond s'arrêta sur quelques mètres.

— On va pouvoir bavarder, t'as qu'à laisser tourner le moulin, dit Abel en descendant.

Il ouvrit le capot de la voiture et ne sembla pas se soucier du flic qui, descendu de sa chignole, marchait vers eux en agitant la main. Sorte d'annonce de sanction, comme si Raymond Naldi et Abel Davos s'étaient empiffrés, en cachette, avec les confitures à la groseille de leur grand-maman.

— *Andate con troppo velocità, molto velocità*[1], dit-il.

Il parlait, une main sur l'aile de la voiture. Abel le regarda, leva les bras et les laissa retomber en signe d'impuissance, d'incompréhension, en signe de tout ce qu'on voudrait. Et il se replongea dans l'examen du moteur.

Un moulin qui tournait bien, à ce qu'il sembla au jeune flic, incliné légèrement sur la mécanique. Raymond accéléra. Le bruit d'un moteur, les odeurs d'huile chaude, d'essence, ça lui plaisait. Il était né au-dessus d'un garage et son emploi dans les motards venait un peu du goût de se sentir propulsé par un moteur.

---

1. Vous allez trop vite, beaucoup trop vite.

— *Va bene a modo*[1], dit-il, d'un ton satisfait, en souriant, comme si la voiture lui appartenait.

Il en oubliait presque le motif de sa présence. Il avait le teint hâlé qui faisait ressortir l'éclat de ses dents. Il était jeune, mais, pour Abel, il était de trop sur terre.

Abel sortit son arme d'un geste brusque et tira, dans la région du cœur. Un centième de seconde, les yeux de l'homme s'écarquillèrent démesurément. La mort fut instantanée. Il tomba comme foudroyé, sur le moteur qui ne tournait plus qu'au ralenti.

Abel le délesta de son arme. Raymond était descendu. La route était déserte ; sur le bas-côté, il y avait une sorte de caniveau peu profond, devant un petit mur de pierres sèches. Ils y allongèrent le flic et le recouvrirent rapidement avec les pierres du mur. Raymond considéra la moto ; rien ne la signalait à l'attention. C'était une Guzzi, très puissante, susceptible d'appartenir à un quelconque particulier.

Mais ils ne pouvaient pas l'abandonner, à cause du groupe de flics qui devait s'agiter ferme à quelques kilomètres de là.

— Je vais la prendre jusqu'à la mer, dit Raymond, et on la balancera à la flotte.

Ce serait d'ailleurs le sort de la Fiat qu'il jugeait trop repérée. Abel songea à sa première intention, de ne pas descendre vers la mer. Maintenant, ils y étaient forcés. Ils ne pouvaient rebrousser chemin ni tourner à droite ou à gauche. Il fallait continuer, au

1. Il a l'air de bien marcher.

risque de tomber dans un barrage définitif, à l'entrée d'Imperia ou à sa sortie.

— Je passe devant, dit Raymond en s'asseyant sur la moto.

Le moteur gronda et l'engin se détacha du bord de la route. Raymond se retourna pour voir si la voiture suivait. Il n'avait pas laissé à Abel le temps de répliquer, ni de poser la question qui leur obstruait le cerveau à tous les deux : « S'ils barrent la route, qu'est-ce qu'on décide ? »

Pour Raymond, c'était classé. Il irait dessus à tombeau ouvert, et tournerait à gauche, s'il avait la chance de vivre encore après la traversée du barrage. À gauche, vers le centre de l'Italie, pour qu'Abel puisse rejoindre Thérèse et les gosses qui attendaient à l'opposé. Il savait qu'Abel n'était pas un genre de type à accepter semblable sacrifice, alors, à quoi bon en discuter ? On ne pouvait pas s'éterniser près du cadavre de ce flic.

Abel accéléra pour se rapprocher le plus possible de la moto, mais Raymond lui fit comprendre qu'il devait laisser un grand espace entre eux. Il s'y résigna, envahi par un malaise, une sensation d'enlisement. Les cadavres s'allongeaient derrière eux ; bientôt, leur tour viendrait, sans doute. Il regardait le dos de son ami et il avait l'impression qu'il ne reverrait plus jamais son visage.

CHAPITRE II

La Méditerranée, tout le monde la connaît pour s'y être baigné, l'avoir longée ou admirée sur des cartes postales.

Elle est bleue, c'est évident. Et ceux qui vivent sur ses bords ne donnent pas l'impression de plier sous les soucis.

C'est curieux, on n'imagine pas qu'il puisse se passer un drame terrible dans un coin pareil. Quant à la petite ville frontière sur les bords de la grande bleue, ça dépasse tout. Elle respire l'étendue, le lointain. Ceux qui la franchissent sont heureux, pour la plupart, de voyager. N'oublions pas que l'Italie fourmille d'amoureux en voyage de noces. La lune de miel, elle est là ! c'est connu, rabâché. Sous cette lune, on s'adore. C'est de bon goût. C'est l'endroit garanti, le parc de la roucoulade.

À Vintimille, on y est presque. C'est déjà de l'autre côté. Vers cinq heures de l'après-midi, à la terrasse d'un café agréable, il y avait des gens attablés devant des boissons vertes, orange et jaunes. Rien ne désaltère davantage que la couleur. On entendait de la musique. Des airs à la mode qui vous aident à ne penser à rien du tout, comme si penser devenait une tare, sous un ciel pareil.

On s'habitue à la musique au point de ne plus l'entendre, mais, dès qu'elle se tait, on éprouve un vide, on tourne la tête à la recherche du son perdu.

Ce fut le cas, bien qu'une voix se mît à débiter en italien. Ceux qui ne comprenaient pas la langue réalisèrent que l'événement était particulier en voyant la tête des autres. L'annonce se répéta en français et le premier réflexe de Thérèse fut de se lever. Elle crispa sa main sur le bras du léger fauteuil d'osier. Elle se sentait pâle, le cœur barbouillé.

— Ça ne va pas, m'man ? s'inquiéta Hugues.

— Mais si, voyons, quelle idée ! murmura-t-elle en achevant de boire son orangeade.

Le speaker terminait, en assurant que la force publique traquait déjà les assassins, qu'il s'agissait certainement d'étrangers et qu'ils ne pouvaient plus espérer franchir la frontière.

L'affaire de Milan remontait à la surface et le rapprochement coulait de source. Thérèse désirait quitter cette terrasse de café pour marcher dans un endroit isolé, mais une lassitude momentanée la privait de force.

Elle dévisageait ses fils, dans l'angoisse où elle se trouvait de les savoir un jour au courant. L'aîné lui sembla impénétrable. Le plus jeune soufflait dans les pailles, et le tube en papier qui les enveloppait, volait à quelques mètres, dans une trajectoire rectiligne, avant de rejoindre mollement la chaussée. Il dénuda toutes les pailles et se mit à les plier en accordéon.

Ensuite il les jeta. Elle le regardait faire sans lui interdire un tel gâchis, car sa pensée la transportait auprès d'Abel et de Raymond, et elle voyait son fils comme dans un rêve. Il lui semblait même qu'elle ne pourrait pas le toucher en étendant la main.

La Fiat s'était peut-être transformée en cercueil pour les deux hommes. Elle les imaginait tirant sur l'encaisseur et s'enfuyant au sein d'une foule stupéfaite d'abord, hurlante ensuite. Avec, peu après, toute la flicaille du pays à leurs trousses. Elle pensa à la lettre de recommandation que Naldi lui avait donnée à Turin. Elle représentait une possibilité de stopper la ronde infernale. Cette lettre, il la lui avait remise d'avance ; elle comprenait mieux à présent que c'était plus qu'une lettre. C'était un testament. Le testament de Raymond Naldi et celui d'Abel, par la même occasion. Ils ne se désuniraient pas ; le valide attendrait le blessé, le porterait jusqu'à la fin... Elle se demanda combien de temps elle allait rester assise là, environnée de conversations. Qu'attendait-elle ? Sans doute la voix du speaker avec les mots ronflants de circonstance : « justice est faite », « la vie pour la vie » ou un truc de ce goût-là.

Elle était descendue dans l'hôtel le plus proche de la gare, suivant les ordres d'Abel. Elle y retourna avec ses enfants, n'ayant pas d'autre but. Elle n'aurait pas voulu s'enfermer dans une pièce, se couper trop longtemps de la radio et des centres d'information.

Mais où aller ? Elle se ferait servir dans sa chambre, elle coucherait les enfants et elle attendrait. Attendre ! Sa vie n'était que courtes attentes, mais rendues combien pénibles par l'intensité du danger. Elle savait qu'elle n'aurait pas dû quitter Genève, mais il devenait stupide de se le répéter constamment.

Les hôteliers étaient gentils, tout sourires. Elle s'efforça de les imiter, ne pouvant s'offrir le luxe de paraître triste. Quand elle referma la porte de sa chambre, elle eut envie d'éclater en sanglots. Seule, la présence des enfants l'empêcha d'exhaler sa souffrance. Elle se raidit une fois encore et ouvrit une valise d'un geste machinal.

Dès la sortie d'un virage très doux, Raymond aperçut la ville côtière et le barrage qui les attendait juste à l'entrée, environ à deux cents mètres. Il donna un violent coup de frein, vira immédiatement et rebroussa chemin dans le but de stopper Abel, avant que la voiture ne soit visible du barrage. Ce dernier freina sec, en le voyant revenir, et les pneus crissèrent.

La moto s'accota le long de la voiture.

— Vite ! Si tu peux pas te barrer à droite avec la tire, taille-toi à pied ! cria Raymond.

Et, de nouveau, il reprit la direction du littoral, du barrage. Il n'avait pas une seconde à perdre s'il voulait que les condés ne viennent pas jusqu'au tournant débusquer Abel.

De loin, ils avaient vu la moto tourner et s'enfuir en sens inverse. Mais à peine en discutaient-ils que, déjà, elle revenait.

Abel n'avait pu placer un mot. Il pensait à un chemin qu'il venait de dépasser et qui obliquait à droite. Son esprit fonctionnait très vite. Ce chemin lui parut trop étroit, il préféra abandonner la voiture. Néanmoins, il recula entre deux arbres et la camoufla en partie derrière une haie rachitique. Il descendit et emprunta à droite un chemin de terre.

Au bruit des détonations, son cœur sauta dans sa poitrine et un sentiment de totale solitude l'empoigna. Son premier réflexe fut de courir. Il s'arrêta aussitôt et s'insulta en son for intérieur. Rien ne prouvait la mort de Raymond et il n'allait pas l'abandonner seul contre tous ! Sa place était près de lui, du côté des coups de flingue, et on verrait bien ce que ces pourris de Ritals avaient dans le ventre. Il entendit d'autres détonations et se rapprocha du barrage, mal protégé par une végétation rabougrie. Ce n'était plus le moment de penser à Thérèse et aux enfants. Il était trop tard.

En se rapprochant du barrage, Naldi se répétait, à petits mots rapides : « Passer et prendre à gauche. » Comme ça, Abel pourrait fuir à droite, vers Vintimille. Il y avait des uniformes de chaque côté de la route et deux silhouettes plus engagées, sur la chaussée, mais aucun obstacle particulier n'obstruait la chaussée.

Il les voyait distinctement et jugea que la situation ne comportait pas de demi-mesure. Il tira son Colt ; une pensée pour Pierre Loutrel et un tas d'amis morts très jeunes, le visita.

À gauche, à deux mètres du barrage, une petite route blanche, qui ressemblait à un chemin privé, s'amorçait perpendiculairement à la route principale. Dans les deux dernières secondes, Raymond changea ses plans. Des clients comme lui, les carabiniers de ce pays enchanteur n'en avaient jamais rencontré.

Dès qu'il commença à ouvrir le feu, ils comprirent qu'un petit plat ventre s'imposait, et leur riposte ne cueillit pas Raymond de face ni de côté. Il avait eu le temps de prendre son virage ; il n'y avait pas de place pour deux virages comme celui-ci dans la vie d'un homme, et s'il n'avait pas eu le réflexe de fourrer l'arme dans la poche extérieure de sa veste, il se serait bientôt trouvé dans l'obligation de la lâcher pour ne pas tomber de machine. Les événements devenaient pointilleux et se réglaient à la seconde ; tâtonner du canon du Colt pour trouver l'entrée de l'étui, sous l'aisselle, était devenu un luxe.

Il aboutit en face d'une grille close, assez surpris de vivre encore, et, comme il n'était nullement question de s'arrêter, il s'engagea tant bien que mal sur un de ces sentiers qui longent généralement les murs d'enceinte. Tout dépendrait de la rapidité avec laquelle les carabiniers de ce pays d'opérette s'organiseraient. Le feu de l'action survoltait Naldi et il regretta de ne pas posséder une arme automatique à longue portée, pour se planquer dans un coin et assaisonner cette bande de chacals.

Le paysage n'offrait aucune possibilité de jouer à cache-cache, mais, parvenu à l'angle de la propriété, Raymond jugea que l'étendue pelée, recouverte d'une sorte de pinède clairsemée au maximum, qui s'étendait devant lui, résumait son unique chance. Car, en tournant à gauche, le long du grillage de la propriété, il retomberait sur le rideau de pandores appliqués à le poursuivre.

La moto le secouait comme un cheval sauvage secoue le cuir tanné d'un gaucho. Une légère éminence lui cacha quelques secondes ce qui l'attendait. Il craignait beaucoup d'être obligé d'abandonner la moto. Il espérait rejoindre un chemin qui le canaliserait sur une nationale. Là, il verrait.

La perspective de se retrouver à pied, dans la nature, poursuivi par des argousins déployés en tirailleurs, équivalait à une fin.

Les embûches du terrain, pierres, racines, trous, réclamaient des réflexes et une attention soutenue. Il ne pouvait se retourner vers le danger qui grondait derrière lui pour évaluer la distance qui l'en séparait. Il savait qu'il devait aller plus vite qu'eux, comme l'avion qui gagne une tempête de vitesse. Il savait aussi qu'il ne pourrait pas revenir en arrière. Un peu comme si le sol s'effondrait derrière ses talons.

Au sommet de l'éminence, il embrassa la mer du regard. Elle accaparait tout, elle attirait. Il entendit des détonations et des balles sifflèrent à ses oreilles ; l'une d'elles percuta sur un arbre à un mètre de lui.

La mort toute proche arrivait en se dandinant, empêchant le vivant qu'il était encore de réfléchir, ne fût-ce qu'une seconde, sur la meilleure direction à prendre. Il descendit le long d'une assez forte pente, appuyant un peu à droite, dans le but immédiat de ne plus servir de cible. Trop tard, il vit un chemin qui coupait la colline, perpendiculairement à sa roue avant. Il freina à fond, la moto se coucha et, pour éviter d'être coincé dessous, il sauta ; emporté par son élan, il courut pour ne pas tomber et s'accrocha à un pin qui surplombait la route. La moto gisait sur la pente.

Il sauta sur la route, un mètre plus bas. L'endroit était désert. La route devait simplement hisser les touristes au sommet de cette colline. S'il avait eu le temps, plus haut, d'examiner le paysage, il aurait pu l'emprunter.

Il sortit son Colt de sa poche extérieure, le glissa sous son aisselle et abandonna la route pour progresser tout droit. Il supputa son avance, sans doute trois cents mètres. Il avait roulé depuis le barrage, mais à vitesse réduite.

En bas de la colline, il émergea de l'abri des arbres. Lorsqu'il se trouvait au milieu d'eux, il les jugeait inexistants tellement ils étaient espacés. Maintenant qu'il marchait sur une route nue, il lui semblait qu'il venait de quitter l'abri d'une forêt vierge.

Tout en accélérant le pas, il mit un peu d'ordre dans ses vêtements et s'essuya le visage avec son mouchoir. L'air était tiède et, petit à petit, son corps se couvrait de sueur. Les premières maisons d'Imperia apparurent. Il pensait avoir contourné la ville, depuis le barrage, et se trouver dans la banlieue du côté de Diano Morina. Il ne tarderait plus à rejoindre la nationale, en bordure de mer.

Il crut entendre des cris, au loin, vers la colline, et il envisagea de quitter à nouveau la route et de progresser derrière les maisons, si, après le tournant qui ne se trouvait plus qu'à une vingtaine de mètres, la route devenait rectiligne.

Deux cyclistes le croisèrent ; un jeune homme et une jeune fille qui s'éloignaient de la ville. La fille était jolie, mais il regarda surtout la bicyclette. Dans une telle circonstance, un vélo vous prenait des apparences de trésor. Néanmoins, il ne pouvait sortir le Colt pour un vélo, alors qu'il tablait sur sa légère avance pour échapper aux carabiniers.

Après le tournant, les maisons se firent plus nombreuses, et devant un block qui comprenait certainement une ou deux boutiques, une voiture stationnait. À cette vue, les battements de son cœur s'activèrent. Il s'épongea le front. De nouveau, quelques détonations se répercutèrent. Raymond pensa qu'il s'agissait peut-être d'Abel. Mais le bruit semblait trop proche. « Et pourtant, ils ne me voient pas », se dit-il. Il n'était plus qu'à une dizaine de mètres. Il les détailla.

La voiture était française ; une Dauphine d'un vert pastel. Parmi les gens, il distingua un couple habillé de clair, avec ce négligé calculé des bourgeois qui jouent à la bohème.

Il ne savait pas trop quelle attitude adopter, mais comme celle de ces gens lui semblait assez hostile, il tira son Colt. En principe, cela lui donnait une meilleure chance de se faire comprendre. Les carabiniers ne devaient plus être loin et ils réquisitionneraient certainement la première bagnole venue.

En face de cet étranger, l'arme au poing, les bras se levèrent avec un ensemble de bon augure.

— C'est à vous, ça ? questionna Raymond en s'adressant au couple.

Les yeux de la femme étaient agrandis par l'effroi. Ce fut l'homme qui répondit.

— Oui, fit-il d'une drôle de voix.

— Mettez-vous contre la bagnole, près du volant,

ordonna Raymond. Et vous autres, de l'autre côté de la route, et vite !...

Du canon de son arme, il indiquait l'endroit. La femme du type n'avait pas bougé.

— Alors, c'est pour demain ? gueula-t-il.

Le mari lui fit signe d'obéir et Raymond pensa que c'était toujours pareil avec les gonzesses. Il valait mieux braquer cinquante types qu'une demi-douzaine de femmes. Inconscience and C°.

— Les clés sont dessus, dit l'homme qui semblait avoir compris que l'étranger était pressé de prendre le large.

— D'ac' ! fit Raymond.

Le type s'écarta de la portière. Raymond s'installa au volant, ferma la porte. La vitre était baissée. Il passa le bras armé à l'extérieur et lança le moteur.

Le type regardait, muet. Il tenait beaucoup à sa voiture, mais à un moment, il avait craint d'être obligé d'accompagner le gangster.

— Les poulets te la ramèneront, lui dit Raymond en guise d'adieu.

Il démarra à toute vitesse, le Colt sur les jambes. Il se disait que les flics perdraient quelques minutes à discuter avec ces gens. Mais leur premier soin, en arrivant à Imperia, serait de téléphoner partout et de signaler la Dauphine. Surtout vers la frontière. Il prit donc la direction opposée, vers Gênes.

Il pouvait rouler sans risque pendant une vingtaine de kilomètres. Il s'arrêterait dans le plus grand centre, utilisant un truc suffisant pour embrouiller les Italiens.

Il exécuta son plan à Alassio, en cette fin d'après-midi. Il stoppa sa voiture le plus près possible de l'eau, bien en évidence sur le port. Puis il questionna trois ou quatre personnes, dans deux boutiques différentes, sur la possibilité de louer un bateau ou de se faire promener en mer. Après quoi, il gagna le centre de la petite ville et, dix minutes plus tard, il quittait l'endroit en direction de Vintimille, installé dans un des nombreux autocars qui desservent le littoral.

Avant une heure ou deux, la valeureuse flicaille tomberait sur la bagnole abandonnée, comme des « saute-au-rab' » sur un supplément de lentilles, et il se trouverait bien un fin limier pour questionner les gens. Ils en seraient quittes pour procéder à l'appel de toutes les embarcations du secteur. Naldi sera loin, à ce moment-là.

Il consulta sa montre ; dix-huit heures. Un peu avant vingt heures il serait à Vintimille où Abel et sa famille devaient l'attendre. Depuis midi, il avait l'impression de vivre une aventure des Pieds-Nickelés. Il regarda le paysage, au-dessus d'Imperia. Joli coin pour un pèlerinage. « Allons, ce n'était pas encore pour cette fois », pensa-t-il. Ils allaient s'éloigner de ce pays, en laissant une sacrée ardoise derrière eux !

Après San Remo, il assista au passage à la formation d'un barrage. Des carabiniers descendaient de deux camionnettes. Objectif : la Dauphine. Raymond repéra un homme, assis deux fauteuils plus loin, d'allure respectable, que plusieurs personnes avaient salué. En cas d'envahissement insolite du paisible autocar, Raymond se servirait de ce pontife pour prendre le large. Ça lui ferait une balade, à ce gros ; d'un certain point de vue, c'était plus efficace qu'une cotte de mailles.

Il ne se passa rien jusqu'à Vintimille, ce qui n'empêcha pas Naldi d'éprouver la sensation de passer entre les grosses gouttes, lourdes et larges, d'un début d'orage. Il trouva sans difficulté l'hôtel le plus proche de la gare, où Thérèse devait attendre.

La Fiat n'était pas en vue. Abel avait dû l'abandonner et s'enfuir à travers champs. Il demanda Mme Creteille ; c'était la fausse identité du couple. Elle était là avec ses deux enfants, au premier étage, chambres quinze et seize. Il n'osa pas questionner sur la présence de son mari.

Il monta et frappa à la porte quinze.

— Qui est là ? s'informa Thérèse.

— C'est moi, dit-il.

Mais elle ne reconnut pas sa voix.

— Qui, vous ?

— Raymond, articula-t-il, déjà impatient.

La porte s'ouvrit d'un coup sec. Il s'engouffra dans la chambre et repoussa le battant.

— Et Abel ? balbutia-t-elle.

Il regarda autour de lui d'un air stupéfait. Il n'en croyait pas ses oreilles. Il revit, dans un éclair, la poursuite et le soin qu'il avait apporté à dégager le passage pour Abel.

— C'est incroyable, dit-il enfin.

— Il n'est pas... ? commença Thérèse sans oser prononcer les mots terribles, définitifs.

— Mais bien sûr que non ! coupa-t-il.

Il restait debout, oubliant sa fatigue, réfléchissant au sort d'Abel. Ça le gênait, de raconter les derniers événements. Il se contenta d'expliquer qu'ils s'étaient séparés et qu'Abel, plus chanceux, avait le chemin libre, tandis que lui avait dû se diriger d'abord jusqu'à Alassio pour revenir ensuite, et qu'il ne comprenait pas l'absence d'Abel.

— Et les gosses ? demanda-t-il.

— Je les ai couchés. J'ai entendu la radio qui parlait de Turin, je ne vivais plus.

— Ah ! oui, Turin..., évoqua-t-il d'un ton las. (Il se laissa choir sur le lit.) Vivement qu'on se taille de ce pays à la con !

Ce soir, Abel ou pas, il était trop tard pour entreprendre une action quelconque.

— Qu'allons-nous faire ? se lamenta Thérèse.

— On va commencer par attendre. Y a pas péril. Il a dû aller *piano*, on va le voir rappliquer avant peu.

La présence de Naldi la rassurait. Il ne laisserait pas tomber Abel. Ce n'était pas un type comme ça.

— Comment sont les tauliers ? demanda-t-il.

— Pas trop mal. Pour une femme avec ses enfants, ça va toujours.

— J'ai pas envie de bouger pour l'instant. Ils me prennent peut-être pour votre mari. Dès qu'Abel sera là, on verra.

Il s'était complètement allongé ; la fatigue se faisait sentir. Il avait faim et soif, mais préférait que Thérèse ne réclamât rien. Il se contenta de vider le verre à dents, qu'elle emplit à plusieurs reprises au robinet du lavabo.

Ils ne parlaient plus. Dans le silence, ils songeaient à Abel.

Abel n'aperçut que deux carabiniers ; ils lui tournaient le dos et regardaient en direction d'une route blanche, sorte de chemin privé, par lequel Raymond avait sans doute pu s'enfuir. Abel s'imagina la poursuite, se demandant si le chemin n'aboutissait pas à un cul-de-sac. Raymond serait obligé d'abandonner la moto, et que deviendrait-il, serré d'aussi près dans une région inconnue ? Abel s'éloigna pour échapper à la vue des deux flics.

À l'endroit du barrage, il n'y avait pas de voiture de police. Peut-être plus avant ? Abel alla jeter un coup d'œil, rêvant de trouver une bagnole et de liquider au besoin les deux pandores pour s'en emparer. Il ne vit rien. Il se demanda comment ils étaient venus et, à ce moment, entendit des coups de flingue ; Raymond parvenait au sommet de la colline, mais Abel ne pouvait pas le deviner.

Il patienta encore, dans l'espoir que Raymond serait arrêté vivant et qu'il pourrait intervenir pour l'arracher de vive force ; il se sentait disposé à tuer cent flics, mille, tous les flics de la terre, pour sauver son ami.

Mais ni les flics ni son ami ne revenaient. Il fut tenté de récupérer la Fiat, puisque le barrage n'était plus défendu que par deux hommes, mais jugea plus prudent de gagner à pied le centre d'Imperia et d'y prendre soit le train, soit l'autocar pour Vintimille. Mais il ne put s'y résoudre complètement. Il s'éloignait tellement à contrecœur du barrage, qu'il pencha pour une solution intermédiaire ; rester à Imperia ; par exemple, à une terrasse de café, avec un journal, de préférence près du poste central de police. Si Raymond était ceinturé dans le secteur, ils l'amèneraient là, mort ou vif. Et, dans l'éventualité d'une blessure grave, le mouvement de troupe devant le poste serait significatif. Abel n'aurait plus qu'à se renseigner sur l'hôpital.

Il parvint à son but et, rien qu'à l'idée de veiller sur Raymond, il se sentit mieux. Il possédait deux automatiques : le sien et celui du motard qui reposait du sommeil des héros sur la terre natale. Il volerait une voiture et pénétrerait dans le poste de police, un flingue dans chaque main. Ce serait la libération de son ami, ou la mort pour un tas de gens.

Le temps passait, et c'est seulement un peu avant vingt heures qu'il constata une certaine animation policière. De son poste d'observation, il n'était qu'à une quinzaine de mètres de leur quartier général. Des voitures allaient et venaient. Les portières claquaient. Il vit des carabiniers descendre des camionnettes et repartir peu après.

Pas trace de son ami, ni mort ni vivant. À la fin, il acheva son plan et se renseigna sur l'hôpital. Il n'était pas très éloigné et, si l'abord en paraissait calme, la cour d'honneur l'était moins. Il distingua des uniformes et une voiture de police. Il pensa que Naldi, blessé, avait voyagé dans cette voiture et qu'elle allait repartir avec les flics.

L'hôpital ne comportait certainement pas de prison. Naldi serait couché sur un lit, dans une salle, ou peut-être dans une chambre, gardé par un flic, deux au maximum, vu son état.

Au printemps, par un ciel clair, la journée s'éternise, mais le soir s'installe quand même. Il était vingt et une heures lorsque Abel pénétra dans l'hôpital. La voiture de flics n'y était plus. Il demanda une personne comprenant le français, et bientôt une infirmière de nuit apparut à l'extrémité d'un long couloir. Elle était de petite taille et les verres très épais de ses lunettes la faisaient ressembler à un batracien.

— Je viens voir le jeune homme accidenté ce soir, annonça-t-il avec toute l'autorité désirable.

— Lequel, monsieur ? questionna la femme d'une voix douce, presque dénuée d'accent.

Elle avait hospitalisé deux carabiniers touchés à balles et prenait Abel pour un commissaire français.

— Il s'appelle Vanier, dit-il en donnant la fausse identité de Naldi.

Elle secoua négativement la tête.

— Je regrette, monsieur, je n'ai que deux carabiniers et personne de ce nom.

— Y a-t-il un autre hôpital ? s'empressa-t-il de demander.

— Non, monsieur, seulement une clinique privée.

— Je suis navré, dit-il d'un ton grave. On m'a téléphoné, voyez-vous, et j'ai dû mal comprendre. Veuillez m'excuser.

— Il n'y a pas de mal...

— Bonsoir, madame.

Et il lui tendit la main.

— Bonsoir, monsieur.

Il marcha rapidement vers le centre de la ville. Raymond avait blessé deux flics et ça devait barder dur dans le coin. Où était-il ? Il se sentit impuissant et décida de rejoindre Thérèse et les gosses.

Il y avait un train dans une demi-heure, qui arrivait

à vingt-trois heures à Vintimille. Que ferait-il ensuite ? Il l'ignorait. Il aviserait avec Thérèse. Qu'elle passe d'abord la frontière et se réfugie chez les parents de Raymond. Ensuite, il verrait. Il trouva, sans chercher, l'hôtel à proximité de la gare.

— Mme Creteille ? demanda-t-il au veilleur de nuit. (Et, comme ce dernier hésitait, il ajouta :) Je suis M. Creteille.

— Chambre quinze, baragouina le bonhomme.

Il monta et frappa discrètement.

— Oui ! fit Thérèse.

Naldi s'était caché dans la ruelle du lit, le Colt à la main.

— C'est moi, dit Abel d'une voix mesurée.

Elle ouvrit, le cœur battant, et il eut la vision infiniment douce et réconfortante de sa femme et de son ami. Son ami sain et sauf. Il referma la porte, serra Thérèse contre lui, et regarda Raymond qui contournait le lit pour lui serrer la main. Ils étaient là tous les trois.

— Et les petits ? murmura-t-il.

Raymond lui indiqua la pièce voisine. Il n'avait pas envie de parler.

— Ça ira, maintenant, dit Abel.

La frontière était si proche, et ils avaient eu tellement de chance cet après-midi, qu'il doutait moins de la suite. Pourtant, au cours de sa vie de gangstérisme, il ne s'était jamais trouvé dans une situation pareille.

CHAPITRE III

Raymond raconta la chasse à courre dont il avait fait l'objet et Abel ses inquiétudes devant le poste de police et sa visite à l'hôpital. Raymond fut content d'apprendre qu'il avait touché deux carabiniers, avant de réussir ce fameux virage à angle droit.

— Ça leur donnera à gamberger, fit-il.

Ils jugèrent inutile que Raymond aille remplir une fiche d'hôtel. Il partirait le lendemain à la première heure suivant un plan qui se faisait jour dans leur esprit. Les deux gangsters avaient réfléchi séparément mais ils tombaient d'accord, en ce sens qu'ils étaient rompus aux mêmes dangers, et que les procédés pour en sortir, dans des circonstances données, se rejoignaient nécessairement.

Par un juste retour des choses, ils envisageaient de se servir des deux garçons et de Thérèse, pour embrouiller les cartes.

Ils avaient une grande expérience de la contradiction des témoignages et de la confusion des débuts d'enquête.

— Qu'ils se doutent que les hommes de Milan sont

les mêmes que ceux de Turin, c'est certain, dit Abel après que Thérèse eut relaté la sérénade du speaker. Mais les signalements doivent vachement varier.

— Y aurait que le nombre, dit Raymond. Deux, et encore deux, devant ces cons qui nous ont lâché ce motard dans les reins. On doit être signalés à deux...

— C'est même pas sûr, répondit Abel. Rien que pour jouer au plus mariole, y en a qui ont dû jurer sur le pape que nous étions trois ou quatre. Et au dernier barrage, tu étais seul. Ça doit leur faire un de ces bordels !

Allongé sur le lit, Raymond fumait cigarette sur cigarette. Abel était bien optimiste, d'un seul coup.

— Dans tous les cas, la frontière est bouclaresse, dit-il.

— C'est d'accord, dit Abel. Y a rien à chiquer de ce côté. On fera comme on a dit.

Voilà pourquoi, ce matin-là, un homme et un jeune garçon d'une dizaine d'années prenaient place dans un train formé à Vintimille. Ce train n'avait d'autre ambition que celle de ramper le long de la mer, en direction de Gênes. On se demandait même s'il y parviendrait un jour. Il ne roulait pas ; il léchait les rails, il comptait les pierres du ballast.

Mais Naldi n'allait pas jusqu'à Gênes. Il se rendait à San Remo, soit une vingtaine de kilomètres, et n'était nullement pressé. Marc, le plus jeune fils d'Abel, se montrait ravi de voyager en compagnie d'oncle Ray. Avec lui, on obtenait tout ce qu'on voulait et il n'y avait rien de prévu. On faisait toujours ce qui plaisait le plus.

Pour une fois, il en serait autrement, car Naldi savait qu'il devrait tuer le temps d'une certaine manière et non d'une autre. Un jour entier, c'est long. Et il faudrait traîner le moins possible en ville.

Le soleil montait dans un ciel bleu, ce qui faciliterait beaucoup les choses.

En gare de San Remo, il laissa la valise à la consigne. Un abandon. D'ailleurs, leur sillage était parsemé d'affaires abandonnées. Ils achetaient facilement et lâchaient avec la même désinvolture. Ils avaient perdu l'habitude de s'attacher aux choses. Ils ne vivaient plus que pour sauver leur peau, et c'était un drôle de régime.

Le premier soin de Raymond fut de descendre sur le port. Il regarda intensément et comprit que la réalisation de leur projet se déroulerait comme prévu. Marc voulait monter sur un bateau, mais il le lui refusa et l'enfant n'insista pas. Raymond l'entraîna vers les jardins de la ville. Ils marchaient lentement, dans l'attente de l'heure du déjeuner.

En cherchant un restaurant, ils passèrent devant une librairie. Raymond acheta deux bouquins et un coupe-papier en acier, d'une longueur équivoque.

L'après-midi, ils se retranchèrent de la circulation en allant au cinéma. Tout seul, il serait resté dans le même, jusqu'au soir, mais à cause du gosse, il quitta la salle à la fin de la première séance pour pénétrer dans une autre.

À dix-neuf heures, ils retournèrent au port. La grosse partie se jouerait là. Il aurait voulu apercevoir

Abel avant le gosse. Cependant, c'est le contraire qui se produisit.

— Eh ! voilà papa, cria Marc.

— Chut ! fit-il en serrant davantage la main de l'enfant pour ne pas qu'il s'écarte, on va leur faire une farce. Viens ! on se cache...

Et ils partirent en sens inverse. Le grand corps d'Abel masquait Thérèse et Hugues, et Raymond avait vu que ce n'était pas au point. Abel et les autres n'étaient pas encore au bon endroit. Les meilleurs bateaux se trouvaient plus à leur gauche.

— On se cache où ? demanda Marc.

— Derrière les gens qui viennent, répondit-il.

Un groupe de touristes prenait le frais en regardant les embarcations et la mer, dans le lointain. Raymond les croisa et leur emboîta le pas. Ainsi, il marchait à la rencontre d'Abel. Ce dernier avait négocié une promenade en mer, sur les instances de son fils aîné, semblait-il.

Il s'agissait d'un canot automobile avec un petit rouf. Il était couleur bois, ne comportait pas de mâture. Le pilote se tenait debout contre le rouf, où se trouvait le volant de commande du gouvernail.

— Vas-y ! ordonna Raymond en lâchant Marc.

Le gosse courut et tomba sur le groupe en criant.

— On est là ! On vous a vus, on s'était cachés ! J'y vais aussi ! J'y vais aussi ! criait-il en voyant son frère sauter dans le canot.

— Tu es tout seul ? demanda Abel.

— Non, non, y a oncle Ray !

Et il désigna Naldi qui jouait la surprise en s'avançant.

Des scènes de famille de ce genre-là, on n'en pondait pas tous les jours. Le marin trouvait ça charmant.

— *Si, si, signore, signora*, ne cessait-il de répéter.

Il avait une cinquantaine d'années, la peau cuite et recuite, une tignasse invraisemblable et des vêtements de toile décolorés. Naldi assista avec intérêt au lancement du moteur. Le son était doux. L'eau se creusa un peu sous le canot et ils voguèrent vers la sortie du port.

— *Andiamo al largo per potere respirare*, indiqua Raymond. (On va un peu au large pour respirer.)

— *Si, si, signore*, s'empressa d'approuver le mataf.

Il n'était pas contrariant et il avait touché son fric.

Abel et Raymond voyaient la terre s'amenuiser avec une joie sans mélange. Raymond lui avait relaté la ruse employée à Alassio : l'abandon de la Dauphine sur le port pour laisser supposer qu'il s'était enfui sur un bateau. Abel trouvait que ça ne prêtait pas à conséquence ; après deux heures de recherches, les flics, même les plus bornés, avaient dû découvrir qu'il ne manquait aucun bateau, et qu'il serait vain de patrouiller en mer.

D'ailleurs, le calme qui les environnait actuellement le démontrait. Les eaux n'étaient pas spécialement surveillées. Le pilote amorça un grand virage, avec l'intention de rentrer ou de longer la côte. Raymond mit une main sur son épaule.

— *Riposiamo un momento per meglio profitare*, dit-il, embrassant l'étendue d'eau d'un geste large. (On arrête un moment pour mieux profiter.)

— *Si, si, signore*, murmura le type en obéissant avec une conviction approximative.

Le bruit du moteur cessa et un calme intense s'abattit sur le petit groupe.

Personne ne parlait. Abel et Raymond, installés à l'arrière, scrutaient la fin du jour qui noyait déjà les bleus de la mer et du ciel. Thérèse et les enfants se tenaient près du rouf. L'embarcation se balançait dans le clapotis.

Au bout d'un moment, le marin se retourna pour regarder les deux hommes et aussi la terre.

— *Ritorniamo, signori ?* finit-il par demander. (On rentre ?)

— *Se tu vuoi*, répondit Raymond d'un ton détaché. (Si tu veux.)

Le moteur ronfla de nouveau et Abel dit à sa femme :

— L'air est frais ; abrite-toi avec les gosses.

Et il poussa le petit portillon du rouf.

— *Fa freddo*, dit Raymond à l'Italien. (Il fait frais.)

Il n'y avait plus que les trois hommes à l'extérieur. Le bateau avait légèrement dérivé, mais on voyait, très loin, les petits points lumineux de la ville.

— *Vogliono una coberta ?* demanda-t-il. (Ils veulent une couverture ?)

— *E inutile*, refusa Raymond. (C'est inutile.)

Il s'approcha lentement de l'Italien et le tira brutalement en arrière, l'étranglant à moitié avec le bras. Abel s'empara du gouvernail et le bateau reprit le large vers la France.

Naldi tira son Colt et assena un coup de crosse terrible sur la tête du gars qui s'écroula derechef. Il avait décidé de le poignarder, mais au dernier moment, ne s'était pas senti bien pour ce genre de truc. L'arme blanche, c'est spécial. Il ne voulait pas non plus lui tirer une balle dans la tête à cause du bruit. C'était bête à dire, mais il pensait aux gosses. De toute manière, le marin ne pouvait pas vivre. Il avisa une barre de fer et un cordage, rangés sur le côté, posa la barre sur le corps du type et le fixa à l'aide du cordage.

Après, en deux fois, d'abord les jambes, ensuite le tronc, il le bascula à la mer. La police retrouverait le bateau, mais aucun être vivant ne pourrait parler de Thérèse, des deux gosses et des deux hommes réunis. Il releva Abel au gouvernail et lui conseilla d'empêcher sa femme et ses fils de sortir. L'assassinat d'un homme, ça ne les regardait pas, c'était trop lourd à porter pour eux.

— Vous êtes mieux à l'intérieur, dit Abel. On vous appellera quand on arrivera.

Il était douteux qu'ils puissent suivre la navigation par les petits hublots. Déjà, pour les hommes, il devenait nécessaire que l'un d'eux longe le rouf et se tienne à l'avant du bateau. Abel y alla. Ils convinrent que, s'il levait le bras, Raymond réduirait la vitesse.

Ils se guidaient sur les lumières de la côte qui se multiplieraient à la naissance de la nuit. San Remo était loin derrière eux. Deux agglomérations les séparaient encore de Vintimille.

À la hauteur de cette ville, il tirerait au large, ne se rapprochant de la côte qu'un peu avant Menton. Les points de contact avec la terre ne manquaient pas. Des lieux tranquilles, où l'été on ne courait que le risque de tomber sur un couple faisant l'amour dans la moiteur de la nuit. Mais on n'était qu'au printemps ; les futurs touristes turbinaient dans les grands centres. Et les gens du pays baisaient chez eux.

Naldi comptait les paquets de points lumineux indiquant les villes. Bientôt ce fut la frontière et il piqua au large.

— On y est presque, dit-il à Thérèse en passant la tête dans l'habitacle.

Elle soupira. Marc s'était endormi sur ses genoux. Elle était assise sur un embryon de couchette. Hugues cherchait à percer la nuit derrière les hublots. Maintenant que le bateau s'éloignait de la côte, il ne voyait même plus les lumières. Thérèse n'avait pas peur ; elle éprouvait un sentiment de sécurité, entre ces deux hommes.

Abel s'était allongé à plat ventre, les mains sur l'extrême bord, la tête au-dessus de l'eau, comme une figure de proue. Naldi attaqua la longue courbe qui les ferait naviguer parallèlement à la côte. Il n'y avait plus qu'à attendre le signal d'approche, les lumières de Menton.

D'abord, ils n'en distinguèrent qu'une, comme si elle cachait les autres, qui se révélèrent d'un seul coup. Sous l'impulsion du gouvernail, l'avant du canot pointa vers la terre.

L'immense masse sombre se mit à grandir à la fois comme un refuge et une menace. Abel se dressa et leva le bras. Raymond ralentit au maximum. Abel, les yeux habitués à l'obscurité, ne doutait pas d'apercevoir les brisants, si brisants il y avait.

Maintenant, le relief côtier se dessinait. Raymond pilotait les yeux rivés sur Abel, qui le guidait à gauche et à droite par des mouvements de bras, comme on le fait pour aider le chauffeur d'un poids lourd dans un passage étroit. Dans la recherche d'un lieu propice à l'accostage, ils furent obligés de s'éloigner de Menton en se rapprochant de la frontière.

Enfin, une anse, à peine accusée, se présenta, Abel fit signe de piquer droit, très doucement. Il distingua une légère bande de sable et donna l'ordre d'accélérer, afin que le bateau s'échoue avec assez de force pour qu'ils puissent le quitter sans se tremper jusqu'aux cuisses.

Raymond avait coupé le moteur. Un léger bruit se fit pourtant entendre, pendant quelques secondes. L'avant s'échoua et Abel sauta sur la grève. Raymond aida Thérèse, qu'Abel saisit dans ses bras. Hugues sauta tout seul. Pour Marc, ils se le passèrent à bout de bras.

C'est alors que la tranquillité du coin leur parut illusoire. Le faisceau d'une lampe troua la nuit et une voix demanda :

— Qu'est-ce que vous faites là ?

Raymond était debout à l'avant du bateau. L'espace d'une seconde, toute l'addition à payer se déroula dans sa tête et il tira son Colt. À la première détonation, Abel se plaqua au sol, entraînant ses deux fils avec lui, et une fusillade s'éleva. Il avait tiré aussi, en direction de cette lampe, pour qu'elle s'éteigne et que disparaissent les gens qui leur barraient la route.

Et puis plus rien, sauf derrière lui le choc mou d'un corps tombant d'assez haut et une courte plainte. En face, la lampe torche éteinte et le silence absolu.

Il palpa ses gosses d'une main fiévreuse. Ils étaient terrorisés mais sains et saufs. Face contre terre, Thérèse ne bougeait plus. Il la retourna avec précaution et l'angoisse l'étreignit. Un filet de sang s'échappait du coin de ses lèvres et, en haut de l'épaule, encore du sang qui rougissait sa blouse claire. Il restait là, pétrifié, avec le corps de sa compagne dans ses bras, à ne pas savoir si elle était morte ou évanouie.

La plainte rauque de Raymond le secoua. Il abandonna sa femme et se porta vers son ami adossé contre la masse du canot. Les mains de Raymond s'agrippèrent à ses vêtements et une voix méconnaissable lui dit : « Va voir là-bas. » C'était de là que la mort était venue. Abel se dressa et traversa la petite plage sans daigner mettre l'arme à la main. Il arriverait n'importe quoi : il s'en foutait.

Il y avait deux corps allongés, l'un sur l'autre, en croix. Le métal de la lampe luisait sur le sol. Il la ramassa ; une balle l'avait brisée de face, s'aplatissant contre la pile. Il secoua les hommes ; ils ne bougeaient plus, ne se plaignaient plus. D'ailleurs avaient-ils eu le temps de se plaindre ?

L'un d'eux était revêtu d'un uniforme de douanier ; il y avait des galons sur sa manche. L'autre était en civil. Abel se pencha rapidement. Le visage du civil ruisselait de sang. Chacun des hommes serrait un automatique 7,65 dans sa main crispée. Marque « Unic », manufacture de Saint-Étienne. Le flingue du fonctionnaire. « Qu'est-ce qu'ils pouvaient foutre par là, à une heure pareille ? », se disait Abel. Et ce civil, un contrôleur des douanes quelconque. Le canot avait dû s'échouer bougrement près de la frontière. Ils devaient visiter le secteur et le bruit du moteur avait fait le reste.

Abel rejoignit l'incroyable drame qui l'attendait près du bateau, sans parvenir à se persuader que c'était vrai, que deux minutes plus tôt tout le monde vivait. Les enfants s'accrochèrent à ses bras. Il se dégagea lentement.

— Garde ton frère, dit-il à l'aîné.

Et comme Thérèse ne donnait aucun signe de vie, il s'agenouilla près de son ami qui se plaignait avec des halètements qui ressemblaient à des hoquets.

— Va-t'en ! prononça Raymond dans un effort qui lui tordait les traits.

Abel essaya de glisser une main sous ses jambes pour le soulever, mais l'autre arrêta son geste.

— C'est fini, pour moi, souffla-t-il en étreignant ses vêtements sur sa poitrine.

— Dis pas de conneries, souffla Abel. J'vais t'arracher de là... Allez, passe tes bras autour de mon cou.

Mais Raymond n'obéit pas. Il attira simplement la tête de son ami, près de son oreille, car la vie l'abandonnait tellement vite qu'il craignait qu'Abel ne l'entende pas.

— Tiens..., prends tout.

Et il guida la main d'Abel vers la poche qui enfermait l'argent volé à Turin.

La suggestion était si puissante qu'Abel obéit comme un automate. Raymond sembla se détendre après ce geste.

— Allez, petit, laisse-toi emporter, supplia Abel.

Raymond se raidit et secoua la tête.

— Bill, gros Bill..., barre-toi.

En entendant son surnom qui remontait à sa prime

jeunesse, Abel comprit qu'avec la mort de Raymond il perdait tout. Déjà son ami vivait dans le passé.

— Les gosses..., barre-toi...

Ça lui sortait des tripes, ces paroles, et elles accompagnaient le sang qui emplissait sa bouche.

Abel colla sa joue contre celle de Raymond. Il ne se décidait pas à partir. Tout ça lui semblait impossible.

— Ray, souffla-t-il, c'est pas possible... pas possible...

Et ça ne lui fit rien de pleurer. Les larmes brûlaient sa peau, mouraient sur ses lèvres sèches.

— Ça vaut p't-êtr' mieux..., balbutia Raymond.

Et son dernier geste fut pour repousser son ami, l'obliger à s'enfuir.

Abel se dressa sur ses jambes, hagard. La mer battait la grève par petites secousses, d'une masse égale, dans un bruit permanent qui ressemblait à un appel. Il passa une main lourde sur son visage et le sang de Raymond se colla à sa paume.

Il s'avança vers ses fils et contourna l'avant du canot pour tremper son mouchoir dans la mer. L'immense étendue d'eau l'observait ; derrière lui, la vie l'attendait avec tous les hommes, tous les systèmes. Une machine énorme aux engrenages grinçants. Ce serait plus simple de marcher dans l'eau ; juste quelques mètres dans l'eau, et on ne parlerait plus de rien. On toussa à côté de lui. Les enfants, debout, serrés l'un contre l'autre, attendaient. Ils l'attendaient. Ils n'avaient plus que lui et l'Assistance publique.

Abel les prit l'un et l'autre par la main et gagna la route en gravissant la pente légère, d'abord de sable, ensuite de gravier et de petites pierres qui roulèrent sous leurs pieds. Ils traversèrent la nationale et s'enfoncèrent dans la pinède. Ils suivirent la route un moment, puis Abel s'immobilisa. Il ne pouvait pas s'en aller comme ça. Il devait faire quelque chose. Il fit asseoir les garçons sur le sol, à l'abri d'un arbre.

— Attends-moi, dit-il à Hugues, et attention à ton frère.

Il lui parlait comme à un homme, comme à un compagnon d'aventures.

Hugues entoura de son bras les épaules de Marc. Il n'avait pas peur. Il nourrissait une haine terrible contre les ennemis de son père. Il écouta les pas décroître dans la nuit. Son petit frère reniflait ; il crut qu'il allait pleurer et lui caressa les cheveux dans un geste d'apaisement.

Abel marchait, envahi par le doute. Il n'était plus certain de la mort de Thérèse, ni de celle de Raymond. On en avait vu d'autres sur les champs de bataille, des gens laissés pour morts qui se dressaient brusquement et gagnaient un point de ravitaillement d'un pas martial, les dents aiguisées comme des baïonnettes.

Il vit des lumières sur la route à la hauteur de la petite plage. Une sirène hurla. Le système social en action braquait ses projecteurs vers la mer, balayant la grève, arrachant de l'ombre le canot et les corps inertes.

C'était fini ; la barrière était tombée comme un couperet de guillotine, d'un coup sec.

Abel était seul d'un côté de cette barrière avec les

gosses. Il recula prudemment dans l'ombre des arbres et se rapprocha de ses fils.

Il fallait s'éloigner et le choix n'était pas grand. Il estima que Menton ne se trouvait qu'à faible distance, sans doute moins d'un kilomètre. Son plus jeune fils titubait de fatigue. Il le porta sur son dos, à califourchon, et ils progressèrent en évitant de longer la route de trop près et en se dérobant à la vue des automobilistes.

Il supputait l'action des flics. Il était dix heures du soir. En ce moment, ils chargeaient dans leurs voitures un homme et une femme abattus près d'un bateau, plus deux agents des douanes. Ils chercheraient d'abord la provenance du bateau et solliciteraient la mémoire des gens, à San Remo, qui avaient vu deux hommes, deux enfants et une femme partir pour une promenade en mer. C'est alors qu'ils clameraient sur les ondes que la population avait le devoir de renseigner la justice sur la présence d'un homme et de deux garçons, ceci immédiatement après leur passage, où que ce fût.

Même l'enquête la plus rapide leur laisserait une nuit paisible, qu'Abel projetait d'utiliser à faire dormir les gosses. La fatigue prévalait sur la faim et ce serait trop attirer l'attention que de réclamer à dîner aussi tardivement.

À l'entrée de la ville, il reposa Marc par terre ; il lui prit une main et Hugues l'autre. Encadré, l'enfant se sentait davantage soutenu.

— Ne t'inquiète pas, dit Abel à l'aîné, et fais-moi confiance. Un jour je t'expliquerai tout ça. On va chercher un hôtel ; tu m'écouteras parler et tu ne diras rien. C'est le mieux...

— Compte sur moi, fit le jeune garçon.

L'envolée inconsciente de son âge supprimait l'angoisse du drame pour n'en laisser subsister que le merveilleux, l'irréel. Abel le comprenait et se jugeait d'autant plus misérable d'en être réduit à fausser les vues de son fils sur la vie. Mais il était impuissant à résoudre ce problème. Dormir d'abord. Ensuite...

Il avisa un hôtel comportant un service de nuit. Il invoqua une panne de voiture et insista pour être réveillé entre six et sept heures, puis il se renseigna sur l'adresse d'un mécanicien consciencieux et gagna les deux chambres communicantes qu'il venait de retenir.

Il s'occupa de ses enfants le mieux possible, gauchement, et l'absence de Thérèse retentit douloureusement. Ce n'aurait pas dû être à elle de mourir. C'était à lui. Sa place se trouvait aux côtés de Raymond Naldi et Thérèse devait vivre, près des enfants. Il regarda ses mains qui bordaient le lit ; c'était lui qui vivait. C'était idiot mais c'était ainsi. Il se pencha sur les visages ; Marc dormait déjà. Il les embrassa tous les deux sans prononcer une parole et pénétra dans sa chambre. Il ne referma pas la porte de communication. Il se déshabilla rapidement, éteignit la lumière et se glissa entre les draps. Il avait placé ses flingues sous l'oreiller. Le meilleur endroit pour les récupérer, l'espace d'un éclair, en cas de danger. Il craignait de passer une nuit blanche, mais la fatigue a ses lois, et il s'endormit aussitôt.

Le lendemain matin, à l'heure convenue, après un

petit déjeuner substantiel, le petit groupe reprit sa route. Abel paya en lires, généreusement, en dessous du cours. « Il revenait d'Italie, certain d'atteindre Marseille d'une seule étape, et n'était pas pourvu d'argent français » ; explication cahotante. Il avait d'ailleurs l'impression que tout ne serait que cahots.

La ronde infernale qui commença pour Abel Davos et ses enfants, il serait vain de la détailler.

L'enquête avait progressé rapidement. La haute police entreprit de couper les émissions à tous moments pour glapir des communiqués qui, d'une demi-journée à l'autre, devenaient plus alarmants, les détails s'agglutinant aux détails.

Tout s'orchestrait ; les encaisseurs, le motard enterré sous les pierres qu'un chien policier avait détecté, les deux carabiniers blessés, le marin porté disparu mais considéré comme assassiné, le brigadier des douanes et l'inspecteur en civil. Et pour solder cette bagatelle, il ne restait qu'un homme de forte corpulence, âgé d'une quarantaine d'années, peut-être cinquante, accompagné d'un enfant ou de deux, ou de pas du tout.

C'est là-dessus que joua Abel. Par la même occasion, il apprit la mort de Thérèse et de Raymond ; l'identité de Naldi remonta au soleil et ça faisait bien dans le tableau. On en profitait pour toucher deux mots de Pierre Loutrel et on commençait à se demander si l'échappé du sanglant accostage n'était pas un ennemi public de grande envergure dont la police taisait l'identité, en attendant que le doute soit levé.

À tort ou à raison, Abel commença par fuir les grands centres. Il tournait en rond sur deux ou trois départements, réfléchissant à un but définitif. À Paris, il avait son vieux dab et une foule d'amis. Mais il n'arrivait pas à décoller du Midi. Il se heurtait aux clameurs radiodiffusées et aux gros titres des journaux. Parfois, il abandonnait son jeune fils sous la garde de l'aîné et faisait, seul, une reconnaissance. Ceci quand on le signalait avec des enfants. Ou encore, il prenait Marc et laissait l'aîné, ou se montrait en compagnie des deux lorsqu'on le signalait comme étant seul.

Et puis il risqua le paquet, parce que la mort serait douce comparée à ce cercle diabolique. Il débarqua à Nice dans une gare qu'il imaginait truffée d'archers du roi. Il laissa les enfants au buffet et donna à son aîné l'argent qu'il possédait.

Puis il franchit les guichets, la main glissée entre les revers de sa veste comme un type rongé par un ulcère. Mais son ulcère, c'était la crosse d'une de ses armes.

Personne ne sembla se soucier de lui. Il resta ahuri devant la file de taxis et prit un billet de quai pour récupérer ses enfants.

Le grand centre le réconforta ; il se fondait dedans, s'enfonçait dans la foule. Et il comprit qu'il n'aurait plus la force morale de reprendre la route. Cent fois, il avait cru être cerné. Son cœur n'en pouvait plus d'emplir sa poitrine, et ses enfants étiolés, muets, les yeux immenses, agissaient comme des robots.

Il y avait de cela plusieurs années, il avait fui la capitale avec soulagement. Aujourd'hui, rien n'était changé, mais Paris représentait le lieu le moins mauvais, le moins dangereux. L'horizon se limitait à Paris.

Là-bas, quelqu'un lui garderait les enfants et il essaierait de réussir une agression pour les mettre à l'abri du besoin. Il se décida à tirer la sonnette d'alarme et pénétra dans un bureau de poste.

C'était l'heure du déjeuner. Il demanda le numéro d'un truand qui tenait un bar à la porte Saint-Martin, et qui avait longtemps été son associé. Il le considérait comme son meilleur ami. Il se sentait ému.

Il écouta les voix proches et lointaines des standardistes, et ça arriva.

— Allô, Nice ?... parlez.

— Allô ! fit-il d'une voix nouvelle.

Ses gosses se serraient contre lui : la cabine était étroite. Il avait chaud.

— Allô !... dit quelqu'un.

C'était loin, à peine perceptible.

— C'est toi, Riton ? demanda-t-il.

— Qui est-ce ? dit une voix qu'Abel ne reconnaissait pas.

Riton avait peut-être vendu son bar. Ça l'embêtait de dire son nom à n'importe qui. Il y alla sur la pointe des pieds.

— C'est Bill..., vous entendez ?... Bill...

Mais ça ne répondait plus. Il serrait l'appareil.

— C'est Riton..., dit la voix au bout de quelques secondes... C'est Riton, tu me reconnais ?... C'est pas croyable... C'est toi, Bill ?

— Oui, affirma Abel (et il se sentait mieux, presque sauvé). Oui, c'est moi, et ça ne va pas. Il faut venir me chercher...

— Oui, fit Riton. Mais où et comment ?

— Faut venir tout de suite, avec une ambulance

ou un truc de ce genre ; je suis très malade avec les enfants.

Riton savait ce que parler voulait dire.

— T'entends ! insista Abel. Thérèse est morte.

— Nom de Dieu ! jura Riton qui venait de réaliser brusquement que tout le tam-tam des journaux et de la radio, sur cette histoire de frontière et de chasse à l'homme Italie-France, c'était pour Abel. Nom de Dieu !... répéta-t-il, c'est toi ?

— Oui, répondit Abel, et ça presse.

— T'es à Nice ?

— Oui.

— Où ça ?

— Ça change toujours. On se retrouvera comme avant. Magnez-vous. Je téléphonerai dans deux jours, et pour le rancard, quand vous viendrez, ce sera comme avant.

— T'en fais pas, t'en fais pas..., répéta Riton.

— Allez, bye ! coupa Abel.

— Salut, et t'en fais pas...

Abel raccrocha l'appareil. Le SOS était lancé. Il se rendrait chaque matin, à dix heures, et chaque après-midi, à cinq heures, à la poste principale. C'est là qu'il retrouverait ceux qui viendraient. C'était la meilleure formule de rendez-vous ; elle épargnait les scabreux échanges d'adresses détaillées.

Il quitta la poste d'un cœur léger. La pègre allait bouger pour lui. C'était un ténor et il n'avait rendu que des services. Il regarda ses enfants, et un sourire détendit son visage harassé.

CHAPITRE IV

Henri Vintran demeura quelques secondes l'appareil à la main. Il avait l'impression de se réveiller. Il raccrocha, dans le silence de la petite cabine. À travers la vitre, il voyait les consommateurs, des habitués pour la plupart.

Il poussa la petite porte et sortit sans se soucier des regards qui se posaient sur lui. Il s'accouda à l'extrémité du comptoir, près de la caisse. Le haut tabouret, réservé à la personne qui tenait la caisse, était libre. Il s'assit. Depuis que sa femme ne venait plus, il n'avait eu que des histoires avec les caissières. Les clients les branchaient les unes après les autres et, une fois, il avait eu une salade d'enfer sur les bras.

Sa femme tenait un hôtel respectable dans un quartier respectable et personne ne le savait en dehors d'eux. D'ici quelques années, il comptait liquider son affaire de la porte Saint-Martin.

Vintran était fort connu. On le surnommait « Riton de la Porte », et ça suffisait. Dans ce quartier, il y avait une foule de truands qui s'appelaient Riton, mais il n'y avait qu'un seul Riton de la Porte. Même des deux portes. Une réputation ne s'établit pas en un jour, et il y avait un sacré bout de temps qu'il était sur la brèche.

Il avait eu de la chance car, des compagnons du démarrage, que restait-il ? Des morts, des types en fuite ou, comme Abel, qui avaient disparu du circuit. Dont on n'entendrait jamais plus parler ou qui surgiraient dans une éclaboussure de projecteurs, un étalage de gros titres à la une, un crépitement de balles. À l'image d'Abel.

Les affaires étaient faites. Ça marchait trop bien. « Bordel de bordel ! jura-t-il intérieurement, qu'est-ce qu'il est revenu foutre ? » Tous les condés du pays étaient à ses trousses et il comptait sur Vintran pour le tirer de là.

Il imaginait déjà ce que la tigresse en dirait. Tout laisser tomber et qu'Abel aille au diable ; de toute façon, c'est là qu'il devait descendre. Mais le problème était plus compliqué que ça, et Riton le savait.

Il fallait réfléchir abondamment, et ça devait lui donner une curieuse apparence pour que le barman finisse par lui demander s'il avait besoin de « quelque chose ».

— Non... ou plutôt si, donne-moi un cognac et un verre avec de l'eau, répondit-il.

Et lorsque le barman déposa la bouteille d'Henco devant lui, il ajouta :

— Tu as vu le petit Jeannot, hier ?

— Oui, il est passé dans la soirée.

Riton fit, avec la tête, un signe énigmatique, et porta le verre à ses lèvres. Il commençait à rassembler les noms des amis d'Abel. Il fallait aviser d'urgence

Jeannot le Dijonnais, un pays d'Abel, et Fargier, qu'Abel avait sauvé du pire, jadis.

— Si Jeannot s'amène, dis-lui d'attendre ou de venir chez Fargier, ordonna-t-il à son barman.

Il sortit, saluant d'un geste de la main les types qui remplissaient son bar et ne cessaient de lui témoigner une amitié superficielle, à grand renfort d'exclamations et de claques dans le dos.

Fargier était propriétaire d'un bar-restaurant dans le quartier de l'Opéra. D'une distinction naturelle et d'une intelligence assez remarquable, il avait toujours rêvé de s'arracher à l'ambiance de la pègre. Spécialiste des coffres, il connaissait tous les aventuriers valables qui parcouraient le monde, dans quelque spécialité que ce fût. Il avait travaillé avec Abel car sa technique n'était rien sans la force d'un gangster capable de neutraliser une équipe de veilleurs de nuit. Ensuite, Abel l'avait sauvé d'une situation désespérée.

Vintran se disait, en descendant de voiture, que Fargier devait un maximum à Abel et que l'aide la plus efficace partirait de là.

En voyant Riton de la Porte pénétrer dans le bar, Raoul Fargier se douta de quelque chose. Il s'avança pour ne pas laisser à Riton le temps de s'approcher des groupes. On ne savait pas ce que ce type pourrait dire, et son genre suffisait déjà à intriguer la clientèle sélecte de l'établissement.

Les deux hommes se connaissaient, mais ne se voyaient pratiquement pas.

— Que se passe-t-il ? questionna Fargier sur un

ton de conversation anodine en serrant la main de Riton.

— M'en parle pas, c'est à peine croyable..., répondit-il en jetant des regards de droite et de gauche — le truc discret qui se remarque à cent mètres.

Fargier leva les yeux au ciel, et l'entraîna dans son bureau, aménagé près des vestiaires.

— Et alors ? fit-il en refermant la porte capitonnée.

— Le gros m'a téléphoné. Il est pris à la gorge à Nice avec ses gosses.

— Le gros ?

— Abel. Y en a pas trente-six, non ? Sa frangine est morte.

— Ces histoires depuis l'Italie, c'était lui ?

— On dirait. Avec Raymond Naldi, flingué en débarquant.

Fargier sortit une bouteille carrée et deux verres d'un petit meuble bas. Le glouglou du liquide troua le silence. Riton s'empara d'un verre et reprit sa place dans le fauteuil.

— Et alors ? répéta Fargier.

— Et alors, il veut qu'on l'arrache de là. Avec une ambulance ou un truc de ce genre.

— Tu lui as promis quoi, au juste ?

Il commençait à prendre le vent.

— J'ai dit de ne pas s'inquiéter. J'étais vachement surpris. Sur le coup, j'ai rien trouvé d'autre à dire. Demain, il remet ça au téléphone.

— Il doit manquer d'argent et de tout.

— Il a seulement demandé qu'on descende.

— Il t'a parlé de moi ?

— Non, y doit même pas savoir que t'es rangé là. Sinon, t'aurais eu la préférence.

Riton de la Porte n'était pas un novice et il connaissait son Fargier sur le bout des doigts.

— Oui, bien sûr, fit simplement ce dernier.

— Qu'est-ce qu'on décide au juste ? questionna Riton.

Fargier lissa sa tempe grisonnante de la paume de la main.

— C'est difficile de décider d'un seul coup. Et puis descendre ! descendre ! c'est joli à dire, mais il faut pouvoir. Personnellement, ça m'est impossible, du moins ces jours-ci.

Le contraire eût étonné Riton. Ceci l'arrangeait et, comme Fargier n'était pas spécialement idiot, il s'en doutait. Il se disait que si Henri Vintran mourait d'envie de se mouiller pour Abel, il ne serait pas venu le relancer.

— On peut l'aider quand même pour la bagnole, la fraîche et les calibres. Y peut compter sur moi, et même j'irais volontiers ; seulement, c'est pas prudent.

— Je comprends ça, lança Fargier du coin des lèvres.

— J'veux dire que, pour Abel, ça serait mauvais que j'y aille. J' suis pas comme toi, mon coin est repéré au maximum depuis la semaine dernière. Ils ont ceinturé le vieux Michel dans ma rue et ils draguent les autres. Tu sais, pour l'affaire des titres de Nantes. C'est pas le moment de se trimbaler à droite et à gauche, surtout en les semant. Tu vois pas que je les traîne jusqu'en bas et qu'ils sautent Abel !... Je me pardonnerais jamais ça.

— Il y aurait de quoi. Enfin, mettons-nous d'accord. J'ai une dette envers Abel, tu te souviens ? (Riton acquiesça de la tête.) On pourrait faire une manche à quelques-uns. J'ouvre la liste avec cent sacs et un calibre.

— J'avais pensé à quelque chose de ce genre. Mais qui conduira la tire ?

— Il n'y a pas que nous, sur la place, bon Dieu ! Ça ne représente rien du tout de conduire une ambulance. Si j'avais pas un empêchement énorme, ça serait vite bâclé...

— Oui, mais t'as l'empêchement.
— Il ne peut pas attendre une quinzaine ?
— Non. Il a dit d'urgence.

On sonna. Fargier décrocha l'appareil, écouta et regarda Vintran, une interrogation dans les yeux.

— C'est le petit Jeannot ? demanda ce dernier.
— Oui, dit Fargier, la main obstruant l'appareil.
— C'est moi qui lui ai dit de venir.
— Allô ! conduisez-le ici, dit Fargier.

Et il raccrocha.

Presque aussitôt, Jean Martin s'encadra dans la porte. Il connaissait Abel depuis longtemps. Natif de Dijon, comme Abel, on l'appelait Jeannot le Dijonnais, ce qui suffisait à le désigner dans le milieu. Âgé d'une quarantaine d'années, il ne les portait pas, à l'image des gens de petite taille sur lesquels, semble-t-il, le temps a moins de prise.

Il serra la main de Riton mais ne s'approcha pas de Fargier. Il le salua du geste et s'assit.

— Je suis passé chez toi et on m'a dit où tu étais, prononça-t-il d'une voix lente.

On ne pouvait pas dire que Fargier et lui ne se connaissaient pas. Quant à s'estimer, il y avait une marge.

— Content de te voir, dit Fargier, un de plus n'est pas de trop.

Une imperceptible ironie plissait ses lèvres ; dans ces moments-là, il était à tuer, et la patience de Jeannot avait d'étroites limites.

— On va t'expliquer, coupa Riton pour dissiper la gêne. Il arrive un truc terrible. Abel est coincé à Nice avec les gosses ; Thérèse est morte et aussi Raymond Naldi.

— C'est eux, l'histoire d'Italie ?

— Oui, firent les deux autres d'une seule voix.

— Comment t'as su ? questionna Jeannot.

— Il m'a téléphoné. On doit aller le chercher.

— Quand ?

— Dès qu'on pourra, mais c'est pas facile. J'ai voulu vous voir pour qu'on discute.

— J'ai rien à refuser pour Abel, assura Jeannot. Sauf que je peux pas y aller. Tu dois t'en douter.

Il regarda Riton chez lequel il se rendait quotidiennement. Fargier soupira. Il ne serait pas le seul à éluder, à ne rien donner ; sauf de l'argent et des armes.

— Chacun est juge de ce qu'il peut faire, insinua-t-il.

— Riton est témoin, dit Jeannot. Je suis en provisoire pour une histoire d'avortement à la noix. J'ai eu un mal fou à me décrocher et ce juge, c'est un dingue qui pique sa crise de temps en temps. Je dois pas bouger de Paris.

— D'ailleurs, enchaîna Fargier, tu rendrais un

mauvais service en rejoignant Abel. Il faut lui envoyer un type tranquille, qui ne craint rien.

Jeannot avait envie de leur demander lequel d'entre eux descendrait, mais la réplique de Fargier lui coupa le souffle. Il eut honte de ne pouvoir dire ce qu'il en pensait. Après tout, il était comme eux ; il refusait d'y aller. Il se promit de trouver quelqu'un pour le remplacer et, dès qu'Abel serait là, il lui raconterait. Abel comprendrait.

— Je trouverai un mec bien pour y aller, dit-il en se levant.

— C'est notre idée aussi, dit Riton.

Mais l'attitude de Jeannot n'annonçait rien qui vaille. Riton et Fargier se regardèrent.

— À demain, chez toi, lança Jeannot en gagnant la porte.

Et il la franchit sans se retourner.

Demeurés seuls, les deux hommes éprouvèrent une sorte de malaise et se séparèrent assez vite en prenant rendez-vous pour le lendemain. Il fut entendu que chacun contacterait les amis d'Abel et que le produit de la collecte serait rassemblé chez Vintran.

Ce dernier réintégra la porte Saint-Martin assez rassuré. En chemin, il prit deux décisions. D'abord ne rien raconter à sa femme, ensuite s'employer sans perdre une minute à réunir de quoi répondre au prochain coup de téléphone d'Abel. Fargier et Jeannot pouvaient se permettre d'attendre sereinement la suite des événements. Pas lui. C'était à lui qu'Abel avait téléphoné. Dans l'immédiat, il ne considérait que cela, et ce n'est à personne d'autre qu'il demanderait des comptes. Il ne connaissait Abel que trop bien.

Riton rêvait de quiétude, de profiter de sa pelote, et non de sentir un type de la trempe de Davos rôder autour de lui, mécontent, l'imagination macabre. Plus il pensait aux risques à courir pour traverser la France au volant d'une ambulance recelant Abel, plus il se félicitait d'avoir réagi d'instinct en se défilant, et plus il apportait de conviction pour tenter de décider un des amis de Davos à jouer ce rôle.

Le lendemain vers midi, Jeannot, la mine assez longue, s'enferma en compagnie de Riton dans une arrière-salle du bar de ce dernier. Il était porteur d'armes et d'argent. Quant à celui qui conduirait l'ambulance, c'était une autre histoire. Des ritournelles, de la chanson, de la romance à toutes les gammes, mais pas un homme de disponible.

— Et on peut tout de même pas en casquer un, dit Jeannot.

Riton était d'accord. Ce n'était pas une besogne de mercenaire. Il fallait que l'homme qui partirait pour Nice agisse sous une impulsion sentimentale. Abel le comprenait dans ce sens. Autrement, il se serait abstenu de téléphoner. Et demain, il devait rappeler.

— Qu'est-ce que je vais lui raconter ?... murmura Riton.

— On va déjà acheter l'ambulance, dit Jeannot, qui en avait repéré une, marque Oldsmobile, dans la réserve d'un important marchand de voitures d'occasion.

Riton ne répondit pas. Ils auraient l'ambulance, un monceau de calibres et puis plus rien. Il manquait un homme. Pas un être du sexe masculin qui se rasait chaque matin, portait culotte et se faisait obéir de sa femme ; ces conditions ne suffisaient pas.

Ils ne se sentaient pas diminués dans cette recherche. N'avaient-ils pas des excuses, valables, bien entendu ? Et ne le sont-elles pas toujours, envers soi ?

Il se créa donc une sorte de remous au sein de la pègre, bien que Jeannot et Riton n'eussent pas perdu la tête au point de livrer les détails. Ils avaient épuisé leurs relations et, comme ils ne pouvaient rédiger une annonce dans la rubrique des offres d'emploi (cherchons chauffeur, discrétion absolue, etc., etc.,) ils se posaient des questions.

Jeannot avait acheté l'ambulance. Il s'était artistiquement débrouillé pour sortir l'engin muni d'une carte grise au nom de l'ex-propriétaire, promettant de revenir pour le changement. Il l'avait garée dans un box privé, à Passy. Il préférait que sa propre voiture couche dehors plutôt que d'étaler l'ambulance. Elle était belle, avec des petits rideaux et une luxueuse couchette roulante. Le gros Bill s'y prélasserait comme une divinité bouddhique.

Malgré cela, Riton de la Porte oublia qu'il existait un repas du soir et ne ferma pas l'œil de la nuit. Pas faim et pas sommeil : et le bal n'était même pas ouvert.

Par là-dessus, les flonflons de la presse sur l'ennemi public. Heureusement qu'ils n'étaient pas tous d'accord. La tendance penchait néanmoins d'un côté ; celui de l'abandon des enfants. Abel aurait abandonné ses enfants qui paralysaient sa fuite.

Comme prévu, il téléphona à Riton et, au cours de la brève conversation, les enfants ne furent pas évoqués. Abel ne s'attarda pas sur l'achat de l'ambulance. Il semblait nerveux, tendu à bloc.

— Qui viendra ? Toi ? demanda-t-il.

Pour s'en tirer et noyer le poisson, Riton avança le nom de Fargier.

— Bon, dit Abel, alors c'est lui qui vient.

La phrase sonna comme une certitude et Riton ne sut quoi dire en dehors d'un :

— Te fais pas de mouron, on arrive !

Abel, de loin, l'envahissait. Dans la matinée, l'idée de ne pas répondre au téléphone lui était venue. Faire dire n'importe quoi : qu'il était malade, arrêté ou bien mort. À la réflexion, il comprenait que ce moyen, trop simpliste, entraînait de ces conséquences qu'on célèbre à la Toussaint.

Et cet abruti de Jeannot, toujours handicapé par une histoire de femme ! C'était bien le moment de semer sa graine ! Et, en plus, de se faire coiffer comme un fils de famille qui cherche, affolé, l'avortement qui libérera la domestique. Enfin, il n'y avait pas à revenir là-dessus.

Il était content d'avoir dit à Abel que Fargier s'occupait de la question. Ça lui pesait d'être seul responsable vis-à-vis d'Abel.

Quant à Fargier, il réfléchissait de son côté. Il savait que les autres avaient acheté l'ambulance et que leurs efforts pour trouver un chauffeur demeuraient vains. Il attendait que Vintran lui transmette le résultat du second coup de téléphone d'Abel. Il n'avait pas remué ciel et terre pour découvrir le truand capable de piloter Abel. Il était trop mal placé ; personne ne comprendrait son attitude, sachant ce qu'il devait à Davos. Il en avait juste touché deux mots à l'Ange Nevada.

Il avait fallu le second coup de fil d'Abel, pour qu'il se décide à se confier à sa femme.

— Écoute, lui dit-il ce soir-là, n'importe comment tu l'aurais su un jour ou l'autre. Abel est coincé à Nice, il réclame de l'aide.

Sophie leva des yeux immenses et fatigués sur le visage de Rara.

— Comment se fait-il ? murmura-t-elle.

— Ça se fait qu'ils le suivent à la trace depuis l'Italie. Thérèse est morte avec Naldi, tu sais, Raymond, le Toulousain... Ah ! on ne peut pas dire que Bill porte chance !...

— Qu'est-ce que tu vas faire ?

— On cherche un chauffeur, pour conduire une ambulance. Et encore c'est pas le pire. C'est qu'après, on l'aura sur le dos à Paris.

— Il n'y restera pas longtemps et on pourra toujours le garder un peu à la maison.

— Ici ? Non, mais tu perds la tête !...

— C'est à nous de l'aider, plus qu'aux autres, et tu le sais bien. Personne ne connaît notre adresse dans le milieu. Et il ne sortira pas de la maison.

Fargier allait et venait, dans le grand living-room de sa villa du Vésinet.

— À nous de l'aider, à nous de l'aider ! C'est bien joli tout ça, mais il devrait comprendre que je suis rangé des voitures. C'est pas un signe d'amitié que de replonger ses amis dans le bain.

— Assieds-toi, tu me donnes mal au cœur à force d'aller et venir. (Il obéit). Quand j'ai été le trouver pour toi, dans le temps, lui aussi, ses affaires étaient faites. Ça ne l'a pas empêché de se mouiller à mort pour te sauver. Je ne croyais même pas que ça serait possible de t'arracher de là, et surtout de trouver des hommes pour le faire.

— Mais oui, je sais, dit-il avec lassitude. On ne va pas en reparler toute la vie. L'époque a changé, ce n'est pas possible de se payer les mêmes fantaisies qu'avant.

Elle portait souvent à ses lèvres un petit mouchoir roulé en boule. Elle souffrait du cœur et il avait déjà cru la perdre, l'année précédente.

— Que tu n'ailles pas le chercher, on peut le comprendre. Je suis comme toi, un peu égoïste. Tu t'es débrouillé pour l'ambulance et tout, c'est déjà un geste. Mais ensuite, il ne faut pas que les flics trouvent Abel. Tu sais ce qu'il risque ?

— Lui aussi, il le sait. Il aurait dû partir au diable. Pour les gosses, ça serait mieux.

— Les gosses ?

— Oui, c'est vrai que tu ne lis pas les journaux. Il est seul avec les deux garçons.

— Hugues et Marc, je crois...

— Tu as plus de mémoire que moi.

— Mais c'est atroce ! Que vont-ils devenir ?

— Sais pas. Il a un vieux père, qui vit encore. Mais Bill doit bien avoir sa petite idée là-dessus.

Elle posa une longue main blanche sur le bras de son mari, et pencha son buste en avant.

— Promets-moi de les aider, dit-elle.

— Tu as ma parole, Sophie. Et fais-moi plaisir, ne te tourmente plus. On va attendre et voir comment ça se présente. Et maintenant il est tard, couchons-nous.

Elle se coucha, mais ne s'endormit qu'à l'aube. Elle pensait à Thérèse, à cette mort violente sur la grève. Elle avait presque honte de sa vie confortable et paisible.

Un soleil jeune miroitait partout, pénétrait en oblique dans son bar, se jouant sur le luxe du décor. Il était presque sur le pas de la porte, en cette fin de matinée, et l'inconnu qui entrait passa très près de lui.

Ils se regardèrent, et l'homme hésita une seconde, dans son intention de s'adresser au barman.

— Monsieur Fargier, peut-être ? demanda-t-il.
— Lui-même.
— Je pourrais vous voir ailleurs ? Enfin, je veux dire, un peu au calme...
— À quel sujet ? interrogea Fargier, toujours immobile.
— Au sujet d'Abel Davos. Je viens en ami.
— Suivez-moi, dit Fargier.

Pour rejoindre le bureau, on se rapprochait du comptoir. En passant, il adressa un signe imperceptible au barman. Ce dernier détailla l'homme qui emboîtait le pas du patron ; un type blond, d'une taille au-dessus de la moyenne, le visage sec, volontaire. Le profil se découpait nettement. Ce genre de physionomie ne s'oubliait pas.

Fargier l'invita à s'asseoir et attendit. C'était une force chez lui. Il attendait.

— Je m'appelle Éric Stark, dit l'homme, et j'ai entendu parler de vous chez l'Ange Nevada.
— Vous le connaissez ?
— Un peu, fit-il.

Ça ne suffisait vraiment pas à Fargier qui allongea le bras vers le téléphone et composa un numéro.

— Vous permettez ?... dit-il, mais ce n'est pas une petite histoire.

Stark leva la main avec nonchalance. Son regard bleu vert se posa sur le visage intelligent de Fargier. Il le vit s'animer en écoutant la réponse de l'Ange. Lorsqu'il raccrocha, il souriait.

— Que savez-vous, au juste ? s'enquit-il.

— Personnellement, je ne connais pas Abel Davos. J'en ai entendu parler comme tout le monde et, ces temps-ci, on a fait pas mal de bruit autour. À mon idée, ça vaut la peine de l'arracher de là. Alors j'ai vu Nevada et je suis venu.

Fargier ne répondit pas aussitôt. Il regardait Stark intensément. Il se leva, vint à lui et tendit une main largement ouverte.

— Je te remercie pour lui, prononça-t-il en détachant les mots.

Stark était plus jeune (il voisinait la trentaine), mais il pesait les hommes avec une certaine facilité. Il lui sembla que Fargier était ému.

— Ça me fait plaisir, je partirai quand tu voudras.

— Tout est prêt. On a l'ambulance, le fric et les armes en pagaille. On en triera une ou deux bonnes. Maintenant, écoute-moi bien...

Puisque Stark n'avait rien de mieux à faire que d'écouter, il écouta. Il était reconnaissant à Fargier de posséder la situation, évitant ainsi des palabres et une réunion supplémentaire avec d'autres gens. Et puis cela le gênait de jouer les héros.

D'ailleurs, il n'avait pas l'impression de vivre une aventure extraordinaire. Voilà ce qu'il se disait en quittant Fargier, et cette pensée ne se modifia pas au cours des derniers préparatifs.

À présent, il se sentait bien au volant de l'ambulance, car il était seul. Il préférait l'action solitaire. Il vivait dangereusement depuis des années et, le risque, il éprouvait une satisfaction doublée de sécurité à le courir seul.

L'Oldsmobile dévorait les kilomètres et le carburant. Il conduisait vite et personne ne s'étonnait de voir l'engin traverser les villages en bolide. Une ambulance, cela suppose une vie à sauver, une course contre la montre. C'était le cas ; Éric se demandait si Abel serait au rendez-vous.

Il coupait au plus rapide, en passant par Avignon, Aix-en-Provence, ne prenant pas contact avec la mer avant Saint-Raphaël. Il avait de quoi se déguiser en infirmier et couvrir Abel de pansements. Pour les gosses, on verrait ; si la police de la route lui paraissait trop active dans le secteur, ils reviendraient par les Alpes, Digne, Sisteron, rejoignant la nationale sept à Valence.

Après l'accord entre Fargier, les autres et lui, il s'était couché pour dormir, jusqu'à trois heures du matin. Il voulait toucher Abel au rendez-vous de la fin d'après-midi, à la poste principale, et reprendre la route aussitôt. Profiter des dernières heures du jour pour quitter les départements dangereux. Ensuite, ils pourraient s'arrêter dans un lieu désert à seule fin de récupérer. Cela dépendrait de son degré de fatigue.

Il échafaudait ses plans, tout en surveillant la route qui s'engloutissait sous la grosse voiture. Il s'arrêta à Avignon pour déjeuner ; l'ambulance s'y remarquerait moins que dans un petit patelin. Plus le temps passait, plus il avait confiance. Jusque-là, aucun barrage, rien qui laissât supposer la chasse à l'ennemi public.

Il pensa que cela pourrait changer en se rapprochant de l'Italie, point de départ du scandale. Il y eut Aix-en-Provence, Saint-Maximin, Brignoles. En traversant cette petite ville ensoleillée, très ancienne et très jeune à la fois, frappée du sceau de la Provence, Éric se mit à chantonner. Par endroits, l'ambulance obstruait la rue principale ; cependant, la voie s'élargit, et le défilé des maisons cessa. La campagne reprenait ses droits. Déjà, la petite ville s'estompait derrière lui. Il crut qu'il s'agissait d'une petite ville comme tant d'autres.

CHAPITRE V

Elle était seule dans sa chambre. Elle savait que tous les autres s'entassaient dans celle du directeur. Le directeur ! Non, il y avait de quoi pleurer. On en avait rigolé à n'en plus pouvoir, et comme les rires sont près des larmes, on se doutait de ce qu'il restait à faire.

Et dire qu'il se trouvait toujours quelqu'un pour le défendre, pour rappeler « le type que c'était avant ». Elle était d'accord, elle pensait même qu'il aurait pu le demeurer, qu'il valait mieux que ça. L'abominable excuse : il valait mieux. Les individus les plus horribles : « ceux qui valent mieux ». On attend dans leur sillage, on reste. Ils vous paralysent avec ce sale espoir à l'état latent. C'était quelque chose comme ça et voilà sans doute pourquoi, elle aussi, elle était restée.

Mais, aujourd'hui, elle sentait que la fin approchait et, secrètement, elle en souffrait. Déjà, la dernière fois, elle avait ignoré la réunion. Cela ne servait plus à rien. Elle regarda ses valises ; le mieux serait de commencer à y empiler ses affaires.

On frappa à la porte.

— Tu peux entrer, dit-elle.

Son timbre était grave, ample.

L'homme qui pénétra dans la pièce n'était ni beau ni laid, ni jeune ni vieux, ni grand ni petit. Il n'était rien. Elle le regarda comme on regarde un objet posé devant soi depuis toujours. Elle le regarda sans le voir.

— Ça y est ! clama-t-il, on s'est arrangés. C'était pas de sa faute, il a cru bien faire, tu comprends ?...

— Je comprends, fit-elle en s'asseyant sur le bord du lit. On a quitté l'itinéraire parce qu'il n'y avait pas d'itinéraire. On est partis sur une amorce d'itinéraire. Sur du vent. Et qu'est-ce qu'il a cru ? Que la troupe vivrait de miracles ? Que le monde entier intercéderait et nous ferait un pont d'or au bout de la quatrième représentation ? Tu aurais quitté Paris, cette fois, si tu avais su ce qu'il croyait ? Mais réponds-moi ! Tu aurais quitté Paris ?

— Je ne sais pas... Peut-être, oui... Ça fait tellement longtemps qu'on est ensemble, tu comprends !...

— Tu comprends, tu comprends... Tu n'as que ce mot à la bouche. (Elle se leva.) Tu veux que je te le dise ce qu'il reste à comprendre à présent ? Dis ! Tu veux que je te le montre ? Tiens, regarde !

Elle ouvrit une panetière et en sortit les costumes de scène qu'elle lançait en l'air et qui retombaient les uns sur les autres. Les teintes délavées, les étoffes avachies, les paillettes ternies.

— Tu pourrais aller chercher les tiens, ça compléterait le tableau. On n'ose même plus les repasser. On les enfile une prière aux lèvres. Et vous croyez durer encore combien ?

— Liliane, dit-il avec émotion, tu ne veux pas dire que tu nous lâches ?

— Je ne vous lâche pas. Un type comme Blastone, on ne le lâche pas. Personne ne peut le lâcher. Même quand il conduira le car de ses propres mains, un car vide, il s'imaginera qu'il est bourré de comédiens glorieux et rutilants et il verra des guirlandes et des lumières danser sur la route. Tu ne vois pas qu'il devient fou, non ? Complètement cinglé !

Elle se baissa, rassembla les robes de scène à grandes brassées et les jeta dans la panetière. Elle éprouvait le besoin de se dépenser physiquement. Il s'était souvent demandé pourquoi cette fille partageait l'existence d'une troupe décadente. Il l'aimait et ça n'arrangeait rien.

— Je t'assure, il a des projets. On a même lu des lettres. C'est pas du boniment. Un jour, tu le disais aussi qu'il était comme les chats, qu'il retomberait toujours sur ses pattes. Et puis on l'a vu à l'œuvre.

Comme elle ne répondait pas, il dit plus bas avec une simplicité sincère, car de son tempérament d'acteur il était mélo-pompier :

— Pense à nous. Oublie Blastone, et pense à nous.

Il aurait voulu dire « à moi » mais elle ne l'avait jamais encouragé dans ce sens.

— Il mettra une annonce, il recevra les candidates. Il parle bien, il en aura des paquets. Le grand Blastone peut se permettre ça. Et vous ferez une immense tournée. Le tour du monde en zigzag.

Elle alluma une cigarette et s'approcha de la fenêtre. Elle donnait sur la rue principale qui fendait la petite ville en deux.

— Tu sais pourquoi il s'acharne ? demanda-t-elle en soulevant le rideau.

Ce n'était pas vraiment une question, et elle ajouta :

— Il a peur de finir à Ris-Orangis[1].

Un grand silence glissa le long du papier à fleurs et sembla recouvrir les meubles pauvres. Dans la rue, une grosse ambulance américaine s'insérait lentement entre les maisons rapprochées. La voiture se dirigeait vers la Côte d'Azur ou ailleurs. Le soleil alluma les chromes au passage. Il faisait chaud. Elle pensa qu'en plein été on devait rôtir, dans ce bled.

— Alors, qu'est-ce que je lui dis ?

— Parce qu'en plus, c'est lui qui t'envoie ? On fait donner la vieille garde... Charmant !

— Ne sois pas comme ça, Liliane. Essaie de le comprendre. Il a si peur de te perdre.

— Je te le répète, il a surtout peur de finir à Ris-Orangis. Comme nous tous, comme moi quand j'aurai son âge.

— Il a dit qu'on partait demain matin, murmura-t-il.

Elle avait quitté la fenêtre. Elle posa sa main sur le bras de l'homme. Elle se sentait calme.

— Mon pauvre Georges, dit-elle. Tout ça, ce n'est pas de ta faute et tu souffres. Si, si..., tu souffres. Je le sais. Mais tu vas rester avec lui, je crois que c'est là que tu seras le moins malheureux. Vous êtes liés. Tu serais perdu, loin de lui, n'est-ce pas ?

Il acquiesça de la tête.

---

1. Maison de retraite des vieux comédiens.

— Allez, va... dis-lui qu'il vienne. Ne dis rien de plus. Simplement qu'il vienne.

Elle le regarda. Il avait de beaux yeux ; il jouait les amants depuis longtemps. Trop longtemps. Il s'y trouvait déplacé. Mais dans la troupe, rien n'était à sa véritable place. Ça sonnait de plus en plus faux, à s'en plaquer la paume des mains contre les oreilles.

Après le départ de Georges, elle s'efforça de faire le vide dans son cerveau. Ne plus penser. Et, demain, rebâtir une autre vie, entourée de gens nouveaux. Machinalement, elle ouvrit les valises, groupa ses affaires par catégorie, autant de gestes un milliard de fois répétés au cours de cette existence de nomade.

Elle s'immobilisait de longs moments devant la glace, au hasard des allées et venues dans cette chambre impersonnelle qu'elle n'habitait déjà plus. Elle avait le type latin, des yeux immenses qui s'adoucissaient et se durcissaient à sa guise, des cheveux châtains. Ils avaient connu d'autres teintes, toutes, pour ainsi dire ; mais le châtain était leur teinte naturelle. Elle était d'origine corse, ne vivait que pour le théâtre. Seulement, elle avait rencontré Blastone quelques années auparavant et, bilan dressé, elle ne pouvait considérer ce fait comme une réussite.

Édouard fit son entrée habituelle ; il en « remettait » par tempérament et ses gestes n'en finissaient plus. Ses manchettes dépassaient trop et elles étaient trop blanches. Toute sa personne se voyait trop. Édouard Blastone, le grand Édouard considérait la petite Liliane Viviani et parlait, parlait, parlait :

— Je vois que tu as préparé tes affaires... Eh ! oui, c'est demain le départ, le vrai, et nous sommes attendus, je ne te dis que ça ! À propos, tu as lu la dernière pièce de notre ami Sistin ?... Non, bien entendu. Heureusement que je suis là ! Ma chère, un coup de canon ! La pièce de l'époque et pour qui l'exclusivité ? Pour qui ? Pour nous, oui, ça t'étonne. Pour nous. Sur Paris, en octobre ; et on m'a déjà proposé de la monter à...

— Oui, je sais, au Bernhardt, coupa-t-elle d'une voix lassée.

— Tiens ! tu savais déjà ? Je n'en avais pourtant rien dit aux autres.

— J'ai pensé à l'année dernière et aussi à l'autre année d'avant, question d'habitude.

— C'est un reproche ? Tu ne te souviens pas de ce petit salaud d'Astier et de ses calomnies ?

— Ça ou autre chose... et puis qu'importe, après tout. C'est si loin déjà.

— Dans un sens, il nous a rendu service. Sistin a eu le temps d'achever ce chef-d'œuvre. J'y vois un signe de la fortune. Et laisse-moi te parler de ton rôle ; tu ne quittes pas la scène une seconde et, à un moment, tu as une tirade de vingt minutes. Tu restes là à me regarder, mais est-ce que tu te rends compte de ce que je t'explique ?

— La tirade en servira une autre. Je m'en vais.

— Tu es fatiguée, les nerfs t'abandonnent. Quel métier terrible nous avons ! (Il arpentait la pièce.) Tu vas te coucher, tu dîneras au lit et demain tu ne penseras plus à tout ça. Je t'ai déjà raconté ce que la grande Rachel voulait faire dix minutes avant une première, alors que la salle était bondée de rois et de princes ?

Elle lui tourna le dos et appuya son front contre la vitre de la fenêtre. C'était le refuge. Il parlait toujours. Il jouait, et sa tête de vieux beau cherchait les meilleurs profils. Il jouerait toujours ; c'était son microbe. Enfin il s'arrêta et s'approcha de cette jeune femme qui l'avait aimé, admiré, et qui se payait sans doute un caprice. Il essaya de lui entourer l'épaule de son bras, mais elle l'écarta.

— Liliane, mon petit, murmura-t-il.

— C'est fini, vois-tu. Pour tout, pour toi, pour le métier avec toi, il y a déjà un an que c'est fini totalement.

— Mais tu es complètement folle ! Ce n'est pas possible ! Écoute, tu te souviens à...

— Assez ! Assez ! J'en ai assez de t'entendre. J'ai attendu jusqu'à la limite. Ici, à Brignoles, dans ce trou pour fêtes de patronage où nous avons échoué. Ma limite est là.

— Tu as perdu l'esprit ! Tu croyais que je voulais produire à Brignoles ? (Il partit d'un grand rire.) Ah ! elle est bien bonne, celle-là ! Édouard Blastone à Brignoles ! Non, décidément, tu as besoin de repos...

— Tu mens. Tu te saoules de paroles, mais tu mens. Je t'ai vu en grande discussion avec le maire, comme si tu voulais reconstruire sa ville. Tu jouerais n'importe où, pour jouer, car tu as peur, tu crèves de peur à l'idée de frapper à la porte de Ris-Orangis...

Il était devenu livide et les poches de ses yeux se confondaient avec ses joues.

— Alors c'était pour en arriver là, prononça-t-il d'une voix rauque. Je t'ai faite de mes mains, je t'ai tout appris, je t'ai portée, remorquée, j'ai couru des risques car tu n'as pas toujours été bonne et la compagnie s'en est ressentie, et tu choisis le moment que tu juges le plus critique pour t'en aller ! Tu as d'autres propositions sans doute. Tu parles ! L'élève d'Édouard Blastone ! Tu n'auras pas de mal à signer les contrats. Et ton maître est fini, hein ? À Ris-Orangis avec tous les sales cabots du métier ! Tu sais ce que tu es, tu veux que je te dise ce que tu es ? (Sa voix montait, énorme.) Tu es une petite ordure. Du talent, tu n'en as jamais eu ! Tu es nulle ! Tu pourras toujours jouer des fesses et puis tu as une garde-robe. On ne le quitte pas sans rien, ce raté d'Édouard ! On part les poches pleines ! (Il se laissa tomber sur le lit et répéta, le visage enfoui dans ses mains :)... les poches pleines...

Liliane n'avait pas bougé. Elle n'avait plus rien à dire. La discussion avec ce comédien usé, rongé par ses rêves n'était plus possible.

Il demeura quelques minutes dans la même position et se mit debout avec les gestes d'un homme qui émerge d'un engourdissement.

— C'est très bien, pars... Nous jouons demain soir à Nice, tu as le rôle principal, je n'ai personne pour te remplacer. Mais tu peux partir. Nous ne jouerons pas. (Sa voix se brisait.) Et nous deviendrons je ne sais quoi. Nice ! la gloire, la revanche, pschtt !... Ça fout le camp avec toi. Je vais rassembler les autres. Quel coup ça va leur donner ! Je ne sais pas si j'aurai le courage...

Et il s'avança vers la porte, très lentement. Des gestes décomposés comme un film qui se déroule au ralenti. Sa main hésita sur le bouton de la porte.

D'habitude, elle le retenait à ce moment. Il ouvrit le battant qui cria un peu sur les gonds. Derrière lui, le silence. Il ne l'entendait même pas respirer. Il parla, sans se retourner.

— Liliane, réfléchis. Après Nice, tu feras ce que tu voudras, je te supplie de réfléchir...

Et il disparut dans le couloir. Sa voix était toujours grave et chaude. Elle passait la rampe. Elle résonnait encore dans la petite chambre et Liliane ne savait plus où elle en était. Quand il était là, elle comprenait que ce n'était plus possible. Dès qu'elle était seule, elle doutait. Nice : elle n'y croyait pas. Blastone partait à l'aventure, jouant une ultime carte. Et si c'était vrai ? Elle aurait dû lui demander la lettre d'engagement. Si la troupe jouait vraiment, demain... Mais il lui avait déjà menti deux fois dans de semblables circonstances.

Dix ans qu'elle partageait le sort de la troupe. Elle avait trente ans : un cap. Il avait parlé de garde-robe, etc. Elle possédait peu et lui laisserait encore ce peu. Qu'il puisse en habiller une autre. Elle partirait avec une petite valise. Si elle partait. Elle s'allongea sur le lit. Dans une chambre d'hôtel, seul le lit importe. C'est la raison d'être de la chambre, on s'y débarrasse de son désir et de sa peine.

L'incertitude flottait autour d'elle. Elle écrasa son visage contre l'oreiller pour ne plus voir le jour et se mit à pleurer soudainement, à petits sanglots brefs.

Éric abandonna l'ambulance dans une rue perpendiculaire à la promenade des Anglais, près d'une clinique. Ce n'était qu'un hasard, mais cela lui plaisait. Les choses bien à leur place attirent moins l'œil. Il se renseigna sur l'emplacement de la poste principale et s'y dirigea. Il était en avance. Il préférait reconnaître d'abord les lieux et se reposer ensuite.

Le signalement d'Abel était précis. D'ailleurs, quelqu'un qui attend, même lorsqu'il se déplace intelligemment, ça se remarque. Éric pensait qu'Abel aurait pu arriver en avance. Au bout de dix minutes, il comprit qu'il ne viendrait qu'à l'heure dite. Il rejoignit l'avenue de la Victoire et s'assit à la terrasse d'une brasserie. Il commanda un grand café très fort et regarda passer les gens.

Une impression de calme le visitait. Il savait que la présence d'Abel changerait la situation. Un homme perdu s'apparente à une charge d'explosif. Au moindre barrage douteux, que ferait Abel ? Il ouvrirait le feu, et Stark serait obligé de suivre le mouvement. L'ambulance jouerait les chars d'assaut.

Le prestige de Davos empêchait Stark de réfléchir davantage aux conséquences éventuelles de cette aventure. C'est-à-dire qu'il éprouverait autant de plaisir à le connaître qu'à l'aider. Cinq minutes avant l'heure, il paya et sortit. Il était vêtu d'un costume gris clair, coupe croisée dont la veste dissimulait parfaitement l'étui de son 7,65 sur l'aine gauche. Désormais, du moins, jusqu'à Paris, son sort était lié à celui d'Abel. Il se plaça en queue d'une file de personnes en attente devant le guichet des colis postaux. De là, son regard embrassait l'ensemble, et il repéra Abel aussitôt. Les yeux du gangster cherchaient un visage connu, celui de Fargier ou d'Henri Vintran. Stark le devina et se décida à l'aborder directement pour éviter une fâcheuse méprise. Abel semblait tendu, et sa main droite se refermait sur le revers de son veston à hauteur de poitrine. Il ne lui faudrait guère de temps pour la plonger sous l'aisselle. Ses enfants ne l'accompagnaient pas.

Éric quitta la file et se dirigea vers la sortie. Abel était appuyé contre un pupitre, à proximité de la porte. Éric attendit de se trouver à sa hauteur et bifurqua brusquement. Il se heurta contre Abel et dit dans un souffle.

— Fargier m'envoie.

Abel le saisit par le bras et dans la crispation de la main, Éric comprit combien l'attente de cet homme avait dû être longue, et à quel point il avait besoin d'aide.

— Sortons, dit Davos, et parlons normalement.

Les enfants attendaient dans les jardins du Parc Impérial. C'était assez loin. Le père, ne sachant trop ce qui l'attendait à ces fameux rendez-vous de la poste, éloignait ses fils d'un danger possible.

Il écouta l'inconnu lui parler de son voyage, de l'ambulance, de Paris. Sa sobriété lui plaisait. Il jugeait rapidement les compagnons d'aventure, mais, dans son extrême fatigue, il s'oublia en questions inhabituelles, par besoin de sécurité, de savoir beaucoup en peu de temps.

— Éric Stark ! Tu es Allemand ?
— Non, je suis né en Suisse.
— Je connais.

Il pensait à Genève, à sa tranquillité en famille avant d'être débusqué.

— Alors, tu es un ami de Rara ?
— Rara ?
— Je veux dire Raoul Fargier, on l'appelle tous Rara.
— Je l'ai juste vu quelques heures pour les détails du voyage. C'est l'Ange Nevada qui m'a donné la filière.
— On en parlait jusque chez lui ? s'inquiéta-t-il.
— On parle beaucoup en ce moment, c'est à la mode.

Abel se tut. Il se demandait pourquoi Henri Vintran n'était pas descendu lui-même, et surtout à quoi rimait cette publicité autour de son nom.

— Il a donc fallu qu'un inconnu vienne se mouiller à leur place, dit-il enfin.

Il parlait assez bas.

Stark eut la discrétion de ne pas se mêler de ce débat intérieur.

— Je suis content d'être là, dit-il seulement, et tu verras, tu vas en sortir au petit poil.
— Alors, tu es venu comme ça ? s'entêtait Abel. Tu sais que je les ai dans les reins, qu'au premier signe, je défouraille, et tu te files dans cette galère pour passer le temps ?

Stark réfléchit un peu. Abel était noyé ; il le prenait pour un faible baratiné par les truands pour risquer le paquet à leur place.

— Je travaille seul, répondit-il et je ne pose de questions à personne. Je connaissais ton passé et quand ils ont parlé de ta situation désespérée, j'ai eu envie de t'aider et de te voir. J'ai pas réfléchi à leur manque d'empressement à venir te chercher. Ça me plaisait de venir, je suis venu. Si ça te dérange, je peux te laisser l'ambulance.

Ils se trouvaient sous le pont du chemin de fer. Abel s'arrêta et le regarda en face.

— Écoute, dit-il, j'aime les types comme toi. On va arriver près des gosses, on reparlera de ça plus tard. Y a un tas de trucs que tu ignores, mais dis-toi bien qu'à Paris ça n'a pas marché comme il fallait. Pas du tout. D'abord tu devrais pas être là. C'est pas un reproche, tu comprends. Mais c'était pas à toi de venir.

Stark avait une chose en réserve dont il n'avait pas parlé à Paris et qu'il croyait cacher toujours. Mais il lui sembla que Davos méritait d'être moralement soutenu au point de se détendre, de s'appuyer sur un second lui-même.

— Ça vaut peut-être mieux pour les gosses et toi que je sois là, dit-il. (Et il ajouta plus doucement :) J'avais un ami qui s'appelait Naldi, Raymond Naldi.

Abel lui prit le bras. Ce geste traduisait son émotion.

— Tu connaissais Ray ?
— Oui.
— Il est mort.

Et il pensa à Thérèse.

— Je sais.
— Il m'a sauvé, éprouva-t-il le besoin d'expliquer. (Il cherchait ses mots, la tête baissée.) En Italie, il a détourné un barrage sur lui, il a tout risqué et il aurait pu se tailler seul. Y a pas de mots pour t'expliquer...

Stark ne répondit pas et ils repartirent vers le jardin où les deux garçons attendaient.

— Les voilà, dit Abel en les désignant.

On les voyait de dos, qui marchaient dans une allée.

— Je voulais que tu saches, fit Stark d'une voix embarrassée, pour que tu te dises qu'avec moi, ça sera pareil qu'avec Ray.

Abel tendit sa grande main. Stark y mit la sienne et, à cette seconde, ça signifiait quelque chose. Les enfants étaient à quelques mètres. Ils allaient disparaître derrière un tournant.

— Hello ! appela leur père.

Ils se retournèrent et attendirent. Stark fut frappé de leur étrange immobilité. Au contraire de presque tous les enfants, qui se seraient précipités en courant, eux ne manifestaient pas, ou presque. Hugues tenait son jeune frère par la main. Ils brûlaient tous les deux de l'envie de courir, mais les recommandations d'Abel s'imprimaient dans leur esprit : ne jamais crier, ne parler à personne, ne se faire distinguer en rien.

Ils dévisagèrent l'étranger qui se penchait vers eux.

— C'est un ami qui va nous accompagner à Paris, dit Abel. C'est M. Éric... Voilà Hugues et Marc, des petits hommes.

— Bonjour, m'sieur, firent les gosses.

Éric souleva le plus jeune du sol et l'embrassa.

— Faut pas m'appeler m'sieur, tu sais. T'as envie d'un jouet ou de quelque chose ?

Marc regarda son père. Stark trouvait qu'ils avaient tous deux des yeux trop grands et leur regard n'était qu'une douloureuse interrogation.

— Vas-y, demande ce que tu veux, sourit Abel.

Éric avait reposé l'enfant sur le sable de l'allée et comme il ne parlait toujours pas, il s'accroupit et lui caressa les cheveux.

— On va être amis pendant longtemps, tu sais.

— J' voudrais des avions, dit Marc avec cette brusquerie des timides ou de ceux qui sortent d'un isolement moral.

— J' peux vous conduire, enchaîna Hugues. Il a vu ça chez un marchand près de la grande place, au bout de l'avenue principale. C'est un camp d'aviation avec les hangars et tout.

— On y va ! dit Stark joyeusement en prenant les deux garçons par la main.

Il s'était mis à les aimer spontanément.

Le petit groupe quitta les jardins et redescendit en direction de la mer.

— Où as-tu garé ? demanda Abel.

— Dans une petite rue qui donne sur la promenade des Anglais, à hauteur du Negresco. Tu passes d'abord à l'hôtel ?

— J'ai pas envie d'y aller.

Éric supposa qu'Abel ne traînait pas une ribambelle de valises. Il n'avait dû racheter qu'un minimum depuis la tuerie avec les douaniers.

— Tu paies au jour le jour ?

— Je paie d'avance ; ça facilite, quand on veut partir vite. C'est le troisième hôtel en une semaine. Je traîne tant que je peux pour pas remplir la fiche ; un jour, deux ou trois, ça dépendait, et au dernier moment on changeait de crémerie. Il était temps que tu viennes...

— T'as des affaires ?

— Non, juste des trucs de toilette et quelques chemises.

— Ça paraîtrait plus normal d'y aller ; on met les gosses dans l'ambulance et tu te montres. C'est toujours mauvais, les gens qui se posent des questions sur vous quand on est parti.

— Y aura qu'à y aller.

Stark ne suggéra pas de faire voyager les gosses seuls, par le train, à destination de Paris. Les yeux d'Abel brillaient étrangement lorsqu'ils se posaient sur ses fils. Les épreuves, à la mort de sa femme, avaient décuplé son amour. Il se sentait seul contre tous, chassé comme un loup, et ses enfants, cette chair qui était sienne, il ne s'en séparerait pas.

— C'est là, m'sieur Éric, dit Hugues en s'arrêtant devant une vitrine.

Marc s'était rapproché de la vitre pour mieux contempler son rêve.

— Si tu ne m'appelles pas Éric tout court, on n'entre pas, dit-il à l'aîné.

— D'accord.

— D'accord qui ?

— D'accord, Éric.

Et il sourit.

Il ressemblait énormément à son père. Au milieu de toutes ces histoires, on arrivait à oublier qu'il n'était qu'un enfant.

— Et toi, qu'est-ce que tu veux ?

— Rien, rien du tout, je vous assure, je jouerai avec mon frère.

Stark songea qu'à Paris il pourrait toujours lui offrir un vélo ou autre chose de bien. Ils entrèrent pour acheter l'aérodrome miniature. Il existait en plusieurs modèles. Stark prit le plus grand. La bouche des enfants formait un « o » d'étonnement. Une joie nouvelle inonda le cœur de Davos. Son émotion le rendait plus fort. Il voulait vivre.

La petite rue était calme, presque déserte. L'ambulance, énorme, réconfortait. Ils firent monter les deux garçons à l'arrière et Abel s'assit à côté d'Éric.

— Cette ville me sort par les yeux, murmura Abel.

Il indiqua le chemin de son dernier domicile ; rue de Bruxelles, près de la gare. Éric stoppa deux cents mètres avant, et regarda partir Abel. Les enfants avaient posé sur la couchette la longue boîte plate du marchand de jouets. Cette voiture immense, avec un lit, des petites fenêtres ornées de rideaux, ressemblait à une chambre. Ça leur faisait drôle aussi de voir Éric revêtu d'une blouse blanche.

Le temps s'écoulait. Abel tardait. Éric ôta la blouse et sortit. Il s'achemina jusqu'à l'hôtel et passa devant, lentement, sans s'arrêter. Il revint sur ses pas et poussa la porte battante. Il y avait deux ou trois personnes devant le petit comptoir de réception. À droite, s'ouvrait une sorte de salon. Deux hommes attendaient, assis dans des fauteuils autour d'une table ronde, très basse. Éric s'avança et prit place à la table voisine. Il pouvait observer l'ascenseur et la descente de l'escalier. Si Abel était arrêté dans sa chambre, il le verrait sortir de l'hôtel avec les flics. Les deux types qui attendaient le regardaient. Ils ne parlaient pas entre eux.

Éric se demandait combien ils pouvaient être en haut pour avoir ceinturé Abel sans qu'il puisse se servir de ses armes. Bientôt, un homme apparut dans les escaliers ; il était suivi d'Abel et un autre homme fermait la marche. Abel portait une petite valise. Éric se leva et glissa la main vers son automatique. À côté de lui, les deux clients ne bougeaient toujours pas.

En voyant Stark, Abel marqua l'étonnement et obliqua dans sa direction.

— Tiens, tu es là ! fit-il.

Stark comprit qu'Abel était seul. Il soupira et sa main reprit sa place. Abel avait vu le geste. Ils sortirent.

— Ça m'a paru long, expliqua Éric, alors je suis venu et j'ai vu des types. On aurait dit qu'ils t'emballaient.

— J'avais planqué des papiers et je les trouvais plus. C'est toujours comme ça quand t'es pressé.

Il se disait aussi que Stark ne l'abandonnerait pas en cas de danger. Sa présence dans l'hôtel et son geste sur le flingue en racontaient long. Mais c'est difficile de parler de ça ; on ne trouve pas les mots et ça abîme tout. Il administra une tape sur l'épaule de son ami. Ils arrivaient près de l'ambulance.

— Cette fois, on les met, dit Abel.

— On montera la mise en scène dans la nature et on fera le plein après.

Ils laissèrent les gosses à l'arrière et s'installèrent devant. La voiture démarra ; toute l'aventure était condensée entre ses tôles. Éric consulta sa montre : elle indiquait dix-huit heures trente. Il n'y avait guère plus d'une heure qu'Abel et lui se connaissaient. Il n'était pas trop fatigué. Il décida de rouler tant qu'il tiendrait. Ça lui paraissait préférable de rouler de nuit. En cas de mauvaise rencontre, l'obscurité leur donnerait davantage de chances.

Il stoppa dès que la solitude et le bas-côté de la route l'y autorisèrent.

— Voilà ce que j'ai pensé : les gosses vont s'asseoir devant, et, toi, tu vas te coucher à l'arrière. On va te coller des kilomètres de pansements arrosés de mercuro et puis tu seras pas tout seul. (Il se baissa pour s'emparer d'un paquet long caché sous son siège.) Prends ça, c'est une anglaise avec deux chargeurs de rechange. Allez, en piste !

Abel sentait la dureté du métal au travers de l'emballage. S'il avait eu ça sur la grève, Thérèse et Raymond vivraient toujours. Les gosses passèrent à l'avant. Éric et lui à l'arrière. Il dénuda la mitraillette, glissa les chargeurs dans sa ceinture, sur la hanche et s'allongea sur la couchette, l'arme contre lui. Éric le recouvrit d'une couverture de voyage et lui entoura la tête de bandes Velpeau. L'opération achevée, on ne voyait plus que son nez et ses yeux. Éric avait eu soin de dégager une oreille ; ça pouvait toujours servir. Les bandes rougies au mercurochrome faisaient image. Du sang. Un homme dans cet état ne se dérange pas. Et si on est trop curieux, ça saute sur ses pieds et ça vous expédie deux ou trois rafales de plomb.

Éric enfila une fois de plus sa veste blanche et reprit le volant. À Antibes, il gorgea l'Oldsmobile d'essence. Le pompiste évolua en silence autour de la voiture, Stark ayant mis un doigt sur ses lèvres. Les petits rideaux empêchaient de voir à l'intérieur, mais une ambulance qui vient de loin et y retourne, c'est toujours le signe d'un danger de mort.

105

— C'est grave ? murmura l'employé en encaissant la monnaie.

— La tête. Pas voulu l'opérer à Nice.

Le type adopta une mine de circonstance qui sentait à plein nez le sapin et Stark remonta sur son siège en fermant doucement la portière. Les jours étaient longs et il faisait beau. Il n'avait rencontré aucun barrage dans le secteur, en venant, et à son avis, le danger résidait dans la sortie et l'entrée des grands centres, tels que Lyon, Paris.

Une fois le massif de l'Esterel franchi, la route s'enfonçait à l'intérieur des terres, courait sur un perpétuel vallonnement. Le soir tombait. C'était l'heure intermédiaire où il ne fait pas assez sombre pour allumer les phares bien que la route ne se détache plus aussi nettement que dans la journée.

Le temps était doux. Stark baissa davantage la vitre. La circulation n'était pas très intense, et le moteur de la voiture tournait si bien que l'éventualité d'un arrêt mécanique n'effleurait même pas son esprit.

Il essaya d'imaginer l'état d'âme de Davos à la suite de la série de drames. Que deviendrait-il à Paris ? La mort de sa femme et de Naldi avait dû singulièrement bousculer ses projets. Qui se chargerait des enfants ? Il se souvint des réflexions d'Abel sur ses amis, de sa déception et il se demanda jusqu'à quel point il avait raison ou tort. Fargier qui dirigeait tout, n'était pas le genre à s'occuper des enfants, ni de rien qui exigerait un sacrifice soutenu.

Ce qui l'amena à croire que l'aventure n'amorcerait son tournant véritable que dans quelques jours.

CHAPITRE VI

— Ça va ? demanda Stark.
— Je baigne dans mon jus.
— Les fractures du crâne, ça se réchauffe.
— Et on dit que les nuits sont fraîches, dans ce bled !

Stark se mit à siffloter.

— Le mieux, c'est de penser à rien, dit-il au bout d'un moment.

Pour Abel, c'était difficile. Il pensait aux barrages, à tous les flics de la terre. En cas de pépin, il descendrait d'abord et tirerait ensuite. Il n'irait sans doute pas bien loin, mais les flics qui se trouveraient à proximité, non plus. Son vieux père recueillerait peut-être les enfants.

La voiture tangua sur un cassis. Il soupira et se retourna sur la couchette.

— Cette suspension, on dirait du chewing-gum, remarqua Stark.

Abel pensait qu'il n'aurait jamais dû fonder une famille. Il y avait plein de trucs qui n'allaient pas ensemble dans sa vie, comme un puzzle qui comporterait des morceaux d'un autre puzzle, et que l'on s'acharnerait à essayer d'assembler malgré tout.

Un peu avant Saint-Maximin, une grosse masse trônait au sommet d'une côte. Éric supposa qu'il s'agissait d'un poids lourd progressant très lentement. Il s'en approchait. Il s'agissait bien d'un énorme camion, immobilisé sur le dos-d'âne, obstruant la visibilité. Éric ralentit et il aperçut les silhouettes d'un homme et d'une femme entre le camion et le fossé. Ça ressemblait à une lutte. Il freina davantage et s'arrêta dans un réflexe inconscient. L'ambulance se trouvait à cinq ou six mètres de l'arrière du camion.

Il jugeait mieux de la situation. Il descendit. Le routier, un corps taillé dans la masse, tenait toujours la fille par le poignet. Elle ne semblait pas d'accord et ce n'était pas le genre à voyager en camion.

— Ça n'a pas l'air d'aller, fit Stark.

— On peut pas savoir quand on connaît pas, grogna-t-il.

— Tu vas toujours la lâcher, on verra après.

La fille ne disait pas un mot. C'était si rapide, et cet homme en blouse blanche tombait du ciel. Le routier ouvrit la main et s'avança. Cette garce l'avait excité au-dessus du possible, et ça voulait rien dire si elle se débattait. Elles se débattent toutes un peu, pour la forme, et ce blondinet à la manque jouait les puceaux.

Il s'avança sur Stark pendant que la fille se frottait le poignet. Ce qu'il avait de bien, Stark, c'était son gauche. Mais le routier pesait quarante livres de plus que lui et il savait se battre. À la suite des premiers échanges, le type saignait de l'arcade et du nez. Cependant, il ne tombait pas. Les gros pleins de soupe, ça se cueille dans la panse, et Stark guettait la seconde propice. La fille paraissait clouée sur place, entre le camion et le fossé.

Abel suivait le combat avec inquiétude et quand il vit un deuxième routier s'avancer le long du camion du côté de la route pour attaquer Stark par-derrière, il bondit de la couchette. Mais Hugues était déjà dehors.

— Éric ! cria-t-il en tendant le bras vers le danger. Stark fit volte-face et sortit son flingue.

— Assez rigolé, tout le monde dans le fossé et plus vite que ça.

La fille porta une main à sa bouche, étouffant un cri. Les deux types ressemblaient à des moutons, prêts pour la tonte.

— Une tentative de viol, ça se paye. On va vous en faire cadeau, c'est ma tournée. Vous allez rentrer à la maison comme des petits mignons et ça sera pas la peine de raconter ça à vos légitimes. Asseyez-vous... Voilà. Et un petit coup d'œil sur la campagne, s. v.p... Non ! de ce côté. Parfait, parfait... (Il se retourna vers la jeune femme en désignant l'ambulance). Je crois que vous n'avez pas le choix !...

Elle le regarda et il ressentit une sorte de trouble.

— Merci, dit-elle. J'ai ma valise devant.

— Faites comme chez vous.

Elle alla récupérer son bien dans la cabine du camion et rejoignit l'ambulance. Stark alluma les phares et glissa l'automatique dans son étui.

— Tu as vu ces deux pourris, dit-il à Abel qui s'était recouché.

Il se souvint que Hugues l'avait protégé en l'alertant et lui tapota la joue. Il réfléchissait vite au sujet de cette fille qui venait, coupant la lumière des phares, sa petite valise à la main. À tout prendre, cet intermède n'était pas aussi négatif qu'il le paraissait.

Il envoya Hugues près d'Abel et fit asseoir la jeune femme à côté de lui.

— Vous vous occuperez du gosse, dit-il en prenant sa valise qu'il passa à Hugues.

Sur cette noble phrase, il démarra. Marc tombait de sommeil, et, bientôt, il reposait très calme, appuyé contre l'épaule féminine. Elle entoura l'enfant de son bras pour qu'il soit mieux. Elle se sentait inexplicablement bien, détendue. Elle n'osait regarder à l'intérieur pour détailler le blessé entrevu en pénétrant dans l'ambulance.

Éric pensa qu'elle était intriguée et quant à lui, il désirait savoir où il mettait les pieds. Abel n'avait rien dit ; ça ne devait pas l'enchanter de voyager en compagnie de cette inconnue.

— C'est curieux, la vie, énonça Stark d'une voix neutre. Que pensez-vous de tout ça ?

— Je pense que j'ai de la chance et qu'on ne rencontre pas la même tous les jours. Vous n'aurez pas d'ennuis à cause de moi ?

— Sais pas. J'ai pas le droit de vous transporter. Vous devriez enfiler ça.

Et il pria Hugues de lui passer une blouse qui se trouvait dans un coffre contre le siège avant.

— Il faudrait un petit bonnet.

Elle souriait, la blouse lui allait bien : le blanc c'est frais.

Marc, un moment dérangé, se pelotonnait à nouveau contre la douceur de la femme.

— Qu'est-ce que vous faites dans la vie ? Je m'appelle Éric.

— Je m'appelle Liliane, et j'aurais voulu être une grande artiste.

— Cinéma ?

— Non, théâtre.

Il n'allait jamais au théâtre. Il n'avait rien contre. Simplement ça ne lui venait pas à l'idée.

— Le camion, où allait-il ?

— À Aix-en-Provence. Là, je voulais prendre un train pour Paris.

— Et vous voulez toujours ?

— Ça dépend. Où allez-vous ?

— À Paris.

— Ça vous dérange peut-être que je reste ?

— Ça m'aurait dérangé qu'ils m'assomment sur la route, sourit-il. C'est tout ce qui pouvait me déranger, et je crois que le gosse se réveillerait si vous partiez.

— Vous dites les choses gentiment.

Il garda le silence et la phrase descendit tout au fond de lui.

— Alors ce métier ? Déçue ?

— Il y a des jours ; ces derniers, ça n'allait pas.

— Fauchée ?

— À cause du camion ? Il était pratique. Il fallait que je parte sur-le-champ, sans attendre, à pied, n'importe comment, mais partir.

— Je vois...

— Alors vous savez ce que c'est. Ils ont cru je ne sais quoi et j'ai demandé à descendre pour... enfin, vous comprenez... et là je n'ai pas voulu remonter, et ils ne voulaient pas me rendre la valise. Et puis vous êtes arrivé.

— C'était loin, votre truc ?
— À Brignoles.
— Attendez un peu... J'ai vu un car, un vieux Citroën avec une pancarte : Compagnie et le nom d'un type. Même que j'ai eu du mal à passer dans la rue. C'était ça ?
— Oui, c'était ça.

Et brusquement, elle revit l'ambulance qui avançait doucement sous sa fenêtre, alors qu'elle parlait avec Georges.

— Je suis passé au début de l'après-midi, j'allais le chercher.

Il désigna du pouce l'arrière de la voiture.

— Je vous ai vu, murmura-t-elle.

Tout ça lui procurait une étrange sensation.

Stark pensa que le moment était propice et cette petite lui inspirait confiance.

— Ça vous plairait de m'aider ?
— Oh ! oui...

Et sa voix grave exprimait plus encore.

— Il a eu une histoire avec sa femme. Remarquez, ce n'était pas la première édition. Mais cette fois, elle lui a tiré dessus. Je l'avais prévenu ; ça devait arriver un jour ou l'autre. Elle l'aime à en devenir dingue, et, lui, il y tenait de moins en moins. Alors avec le toubib de la famille, on a voulu éviter le scandale et je suis venu le chercher. On ramène les gosses aussi et on a expédié la femme dans un coin de montagne, chez un oncle. Vous comprenez ?

— C'est affreux...

— Ç'aurait pu l'être davantage. Ce sont des gens très connus, et on n'est pas encore arrivés. On n'est pas en règle ; les blessures à balle se déclarent à la police. Pour lui, on n'a rien déclaré du tout et on peut tomber sur un barrage.

— Qu'est-ce qu'ils nous feront ?

— Des tas de questions jusqu'à ce que sa femme aille en prison et, pour les gosses, c'est pas un très bon début d'avoir la maman en prison, aux assises et le reste.

— Ils sont très beaux, ces deux enfants ; et vous, vous risquez beaucoup, dans cette histoire ? C'est ce docteur qui vous emploie ?

— Non. Je vends des voitures ; je ne suis ni infirmier, ni chauffeur d'ambulance. Je ne suis que son ami (et il indiqua Abel d'un hochement de tête) et je n'ai pas calculé ce que je risquais. Le mieux, ça serait de bien s'entendre, en cas de contrôle.

— J'ai déjà joué les infirmières, sourit-elle.

Elle avait tout joué ; les sincères et les fourbes, les frigides et les passionnées, les vierges et les putains. Elle avait rendu des hommes heureux et malheureux. Mais, en dehors des planches, elle avait un rôle à tenir dans la vie, et elle se demandait en quoi il consistait.

— Vous serez parfaite, dit Stark en la regardant. On va s'arrêter pour dîner et on arrangera quelque chose.

Ses mains ne tenaient pas en place sur le volant. À la vérité, l'envie d'en poser une sur la jambe de Liliane se faisait de plus en plus forte, mais bizarrement, quelque chose le retenait. Il n'aurait su dire quoi.

Ils s'arrêtèrent pour dîner dans un petit restaurant situé face au casino d'Aix-en-Provence. Éric pressa le garçon. À un moment, il abandonna Liliane et les fils d'Abel et se dirigea vers le bar attenant au restaurant, pour commander des sandwiches et du vin qu'il porta dans l'ambulance.

— Tape-toi ça en vitesse, dit-il à son ami. La fille va se mettre à côté de toi pour le reste du voyage avec Marc. Hugues se mettra devant.

Abel commença à mastiquer sans répondre, ce qui ressemblait à un accord. Éric regagna le restaurant et mangea très vite. Il termina son repas en buvant du café très fort, dans une tasse à infusion.

Ils sortirent et il installa Marc à l'arrière, tandis que l'aîné montait devant. Ensuite, il revint près de Liliane qui attendait contre la voiture, et il lui prit le bras, comme le font certaines personnes dans la crainte de n'être point comprises.

— Vous allez monter derrière avec le gosse. En cas de barrage, je vous préviendrai et vous vous souviendrez qu'un blessé, ça se défend. Seule comptera l'impression que vous leur donnerez quand ils ouvriront la porte. N'oubliez pas ça, et aussi parlez-moi de temps en temps, que je ne m'endorme pas au volant.

— Ne vous inquiétez pas, je leur débiterai du texte.

Il lui tapota la joue, dans un besoin de la toucher.

— À Paris, on fêtera ça, dit-il en s'écartant pour ouvrir la portière.

L'ambulance en termina avec Aix-en-Provence et

s'enfonça dans la nuit. Très loin, les étoiles s'allumaient, au-dessus de la voûte des arbres.

La fatigue assiégeait Stark. La voiture trop confortable le berçait. La carte se jouait sur la rapidité. Un chargement de la qualité d'Abel n'autorisait pas les étapes. La voix de Liliane débusquait le silence et il avait souvent envie de tourner la tête. À ses côtés, Hugues regardait surgir les panneaux indicateurs, grandir l'arrière des voitures qu'ils rejoignaient.

— Petit ! de temps en temps, tape-moi sur la jambe ou sur le bras, demanda Éric.

Et les heures se succédèrent. Marc dormait, cependant que l'étrange aventure éloignait le sommeil du corps de Liliane. Longtemps, les yeux d'Abel avaient brillé dans la pénombre. Et puis ils s'étaient fermés. Sa couverture avait glissé et, en la remettant, Liliane avait découvert la mitraillette.

C'est alors que Stark stoppa une fois encore devant un poste Esso, cube éblouissant de blancheur et de lumière. Il descendit pour se passer de l'eau sur le visage et, se ravisant, ouvrit l'arrière de l'ambulance. Il trouva Liliane prête à sortir.

— Vous désirez quelque chose ? demanda-t-il.

Elle désirait s'en aller n'importe où, avec sa valise, car elle n'y comprenait plus rien. Comme elle ne répondait pas, il lui prit le bras et l'aida à descendre.

— Marchez un peu, ça vous fera du bien, conseilla-t-il.

Elle demeurait sur place et il s'avança pour se pencher sur Abel. Il venait de s'éveiller.

— Où sommes-nous ? questionna-t-il.
— À deux heures de Paris. T'inquiète pas, ça va.

— J'ai soif.
— J'y vais, fit Stark.
À ce moment, Marc s'agita en se plaignant, les yeux ouverts, sur les coussins qui lui servaient de lit.

Les deux hommes ne savaient que faire. Éric se retourna vers Liliane.

— Le gosse ! dit-il.

Elle se pencha sur l'enfant, posa sa main sur son front pour l'apaiser et elle comprit qu'elle resterait avec eux.

Éric revint avec la bouteille d'eau et un verre, cadeaux du pompiste. Après avoir répondu aux questions habituelles sur le malade, il démarra dans l'aube naissante. Des bandes de brume traînaient sur la campagne, se déchiraient aux arbres. Ce fut à l'entrée de Paris, à l'intersection des nationales sept et cent quatre-vingt-six, que le contrôle routier immobilisa l'ambulance.

— Attention ! le barrage, jeta Stark.

Ils étaient une demi-douzaine, avec deux motos et une voiture radio rangées en position de départ. Ces forces n'étaient pas assez importantes si on voulait considérer qu'elles attendaient Abel Davos. Mais l'intention des flics pouvait se modifier en une seconde.

Stark ouvrit la glace et, au lieu de répondre à la question d'un des flics, mit un doigt sur ses lèvres en signe de silence. Son moteur tournait toujours. Les nerfs tendus, il guettait la moindre réaction des condés. Comme ils ne pouvaient pas voir l'intérieur à cause des rideaux, celui qui portait un galon d'argent sur l'épaule fit jouer la porte arrière.

Les mains d'Abel se refermèrent sur l'acier de l'arme à répétition, et Liliane, qui ne le quittait pas des yeux, vit son épaule droite se hausser légèrement dans l'ébauche d'un acte qui ne laissait aucun doute.

Elle s'agenouilla contre la couchette entre les flics et lui, plaqua ses mains de chaque côté de sa tête et chuchota à son oreille.

— Geignez, qu'on vous entende.

Les flics eurent le tableau de cette infirmière, maintenant la tête recouverte de pansements d'un homme qui poussait une plainte rauque. Un enfant d'une dizaine d'années reposait sur des coussins. Liliane sentait les regards et, avant qu'une seule parole ne vienne s'y ajouter, elle tourna la tête vers eux. Une tête bouleversée par l'émotion, avec de la panique dans les yeux.

— Mon Dieu ! fit-elle d'une voix tremblante, que voulez-vous encore ? Nous n'arriverons donc jamais...

Le gradé referma la porte avec, au creux de l'estomac, la contraction du bon public. Il se précipita à l'avant, et Stark vit apparaître son visage inquiet.

— Qu'est-ce qu'il a, ce type ? questionna-t-il.

— Fractures du crâne et une chance sur mille.

— Compris. Vous allez où ?

Stark réfléchissait à toute vitesse, en face de ce danger imprévu.

— Porte des Ternes, je passe par les Boulevards extérieurs.

— Allez ! en route, fit-il en s'accompagnant du geste comme s'il voulait pousser la voiture.

Stark démarra pendant que deux motards se jetaient sur leur machine. Il en avisa Abel pour éviter une confusion des plus sinistres.

— C'est la race des collants et compagnie, commença Abel. Qu'est-ce qu'on va en foutre ?

— J'ai déjà une petite idée. À propos, Liliane, on vous doit une fière chandelle. Vous étiez comme ça !

Et Stark pointa son pouce en l'air.

Elle ne répondit pas. Elle ne pouvait détacher sa pensée d'Abel et, pour éviter de le regarder constamment, se contraignait à fixer le petit Marc. Abel supposait qu'Éric avait raconté une magnifique fable à cette fille, ce qui ne lui enlevait pas ses qualités de sang-froid. Elle était jolie, elle avait de la classe, et il songea qu'un homme irait loin avec une femme de cette trempe.

— Ils sont loin devant ? demanda-t-il à Stark.

— Ils ouvrent la route à environ trente mètres.

Il pensait qu'en cas de brusque abandon de l'ambulance, Abel aurait avantage à se débarrasser des pansements. Mais que penserait Liliane ? Elle était d'un autre milieu et il ignorait ses réactions futures, si elle réussissait un jour à établir un rapprochement entre son curieux voyage et les articles-réclame des quotidiens. Cependant qu'un instinct secret lui soufflait qu'il n'avait rien à redouter de cette femme.

Ils franchirent les portes séparant la porte d'Italie de celle de la Muette et Stark n'allait plus tarder à contrôler la justesse de son plan.

Il ralentit insensiblement à l'approche du souterrain qui passait sous la porte Maillot, de manière que les motards s'y engagent allègrement et, à la dernière seconde, il emprunta la route de surface. Il s'engouffra à droite, avenue de la Grande-Armée, rejoignit la rue Saint-Ferdinand en tournant à gauche, prit l'avenue des Ternes à droite, et se rangea le long du trottoir.

Il se retourna sur son siège pour prendre congé de Liliane.

— Impossible de vous déposer ailleurs, mais nous pourrions nous revoir ?

— Si vous y tenez, fit-elle sur un ton à décourager les plus confiants.

— Alors à quand ? coupa-t-il.

Il comptait les secondes.

— J'habite, 19, rue de Verneuil, au cinquième à gauche, chez Mme Weber. C'est une amie.

— À bientôt.

Ils se tendirent la main. Puis, elle se pencha pour embrasser Hugues et elle serra le plus jeune contre elle. De tout le voyage, leur père ne lui avait pas adressé la parole.

— Alors, adieu, fit-elle en ramassant sa valise.

Il était assis sur la couchette. Il lui tendit sa forte main.

— Vous êtes une chic fille, et si on peut vous aider, on le fera...

Sa main disparut dans celle de cet homme un peu effrayant et elle sentit qu'elle ne lui en voulait pas, quoi qu'il eût à dissimuler à la société.

Éric la suivit des yeux. Il habitait passage d'Oisy, c'est-à-dire à cinquante mètres de là. Dès que Liliane fut assez loin, il débraya lentement et l'ambulance glissa jusqu'à l'entrée du passage, sorte de voûte qui s'ouvrait sur l'avenue même.

— Tu peux enlever ton déguisement, dit-il.

Dans le petit passage, la voiture se trouvait en dehors du circuit. Il logeait dans un immeuble moderne, tout de suite à gauche, mais il conduisit l'ambulance à l'autre extrémité.

— Je crèche là. Vous allez rester un peu chez moi pendant que j'irai voir les autres.

Abel plia la couverture de voyage à seule fin d'y enfouir la mitraillette et posa les pieds sur le trottoir, son paquet sous le bras.

L'endroit était calme ; la chaussée était mal pavée, étroite, et le silence s'apparentait à la province. Mais il était au cœur de Paris et cette certitude l'enveloppait de toutes parts. Il ferma les yeux une seconde pour mieux absorber sa nouvelle étape. Il lui semblait être sorti du cercle infernal, de ce chaos qui avait tué sa femme, son meilleur ami et torturait ses fils au-delà du possible.

L'appartement de Stark était situé au deuxième étage à gauche du seul immeuble convenable du passage. Il comprenait trois pièces avec escalier intérieur ; une salle à manger et un living-room en bas, une chambre à coucher en haut. La chambre était juste au-dessus de la salle à manger et d'égale superficie. De sorte qu'une rambarde rustique surplombait le living-room, dont la hauteur de plafond était le double d'une pièce ordinaire.

Les lignes pures, droites et nettes du mobilier faisaient songer à l'habitant des lieux. Les gosses s'approchèrent d'un petit balcon, à l'extrémité du salon, qui s'ouvrait sur une cour. La volière qui s'y trouvait attirait toujours les gens. Il s'en élevait une sorte de bruissement et même les chants différents se fondaient avec harmonie.

Stark vivait seul. Il verrouilla la porte, et indiqua à Abel l'emplacement d'un viseur, à peine gros comme la tête d'un clou, qui embrassait cependant tout le palier.

— Vous êtes chez vous, dit-il. Prenez un bain et couchez-vous, moi, je vais me débarrasser de cette ambulance. Je crois que c'est le petit Jeannot qui l'avait trouvée. Qu'est-ce que je dis pour toi ?

— Rien. Tu ne dis rien. Tu ne dis pas où je suis, tu les écoutes et on verra après. Achète un tas de canards qu'on voie ce qu'ils racontent et ne te casse pas la tête, je sais où mettre les gosses et tout.

— J'ai dit que tu étais chez toi, répéta Éric en s'apprêtant à ressortir.

Il était neuf heures du matin. En descendant l'escalier, il essaya de se représenter la réaction des deux motards, en perdant l'ambulance. Ils n'avaient pas dû penser à mal, du moins pas tout de suite, et n'avaient rien eu de plus pressé que de retourner à leur point de départ.

Donc, le secteur était libre. Il avait l'intention d'abandonner provisoirement l'ambulance devant l'hôpital Américain, boulevard Victor-Hugo, à Neuilly. Cette idée lui venait de Nice, où il s'était garé par hasard à proximité d'une clinique.

À Neuilly, il vida la voiture de tout ce qui pourrait sembler anormal, chercha un taxi et se fit conduire à la rue des Acacias. Son garage se trouvait presque à l'angle de la rue d'Armaillé. Il y récupéra sa Simca sport et la pilota d'un cœur léger jusqu'au quartier général d'Henri Vintran.

C'était convenu comme ça. Riton de la Porte devait se relayer au bar avec Jeannot le Dijonnais, de telle sorte que Stark puisse contacter l'un ou l'autre dès son arrivée. Il avait franchi le cap de la fatigue et ne ressentait qu'un tiraillement de la peau du visage.

Le bar était désert, en dehors de trois ou quatre clients de passage. Les habitués dormaient encore, ne pouvant être de la nuit et du jour. Riton n'attendait pas Stark avant la fin de l'après-midi ; aussi marqua-t-il un temps de surprise en voyant sa silhouette s'encadrer dans la porte. Il vint à lui et l'entraîna dans une arrière-salle.

— Tu as fait vachement *fissa* ! Et Abel ?
— Ça va, dit-il en s'asseyant. Les gosses aussi.
— Tu parles d'une balade ! Mais t'as pas fermé l'œil ? Et ce vieux sauvage, qu'est-ce qu'il t'a raconté ?
— Tu sais, il est pas bavard.
— Je ne connais que lui. (On sentait qu'il en retirait une grande fierté.) Mais qu'est-ce qu'il pense de tout ça ? Et tu l'as planqué où ?
— Il viendra sûrement vous voir, éluda Éric.
— Je vois, murmura Riton.

Son espèce de fièvre du début était tombée d'un seul coup. Stark sortit des clés de sa poche et un porte-cartes.

— Tiens, les caroubles et les faffes de l'ambulance. Elle est devant l'hôpital Américain, à Neuilly, ça semble plus naturel. Ça serait préférable de la faire disparaître ; on a eu une petite histoire à l'entrée de Paris.

— Grave ?

— Pas tellement, puisqu'on est là. Non, le truc idiot. Un sentimental qu'a voulu briller en donnant l'ordre de nous escorter. Il a fallu les semer et ça va leur faire un sujet de conversation.

— On verra avec Jeannot. On te voit quand ?

— J' vais ronfler un peu et puis tu peux me contacter chez l'Ange Nevada, c'est là que je fréquente.

Ils n'avaient plus grand-chose à se dire. Stark se leva.

— Tu t'es mouillé cher, on l'oubliera pas. Et Abel, il a vu qu'on le laissait pas tomber, hein ?

Stark enregistra comme une inquiétude dans cette voix.

— J'en sais rien, répondit-il. Je te répète, il m'a absolument rien dit.

— Enfin, il sait qu'on est là...

— Bien entendu, fit Stark en tendant la main.

Et il fut content de se retrouver dehors.

Il rentra chez lui par le plus court chemin. Il ne voulait pas inquiéter Abel, mais, d'avoir évoqué les flics semés porte Maillot, cela modifiait l'importance de l'incident. Il arrive parfois qu'une phrase anodine change de signification si elle revient en surface.

Marc et Hugues dormaient à poings fermés, tandis qu'Abel contemplait les oiseaux d'un air absent, comme pour supporter l'attente.

— J'ai vu Henri Vintran pour liquider cette ambulance. Il a posé un tas de questions.

— Ça t'a paru bien ?

— Il voulait connaître ta planque, ce que tu disais, etc. J'ai vendu de l'encre et ça n'a pas eu l'air de l'enchanter.

— Je les verrai tous, ça ne presse pas. Tu restes un peu ici ?

— Si ça t'arrange...

— C'est pour les gosses. J'ai quelqu'un à toucher. J'en ai pas trente-six. Juste un, et ça compliquerait drôlement la sauce si ça foirait de ce côté-là.

Stark sortit son 7,65, et le tendit à son ami.

— Prends-le, c'est moins encombrant que cette sulfateuse.

— J'ai ce qu'il faut, déclina Abel. Écoute, il est onze heures, j'en ai pour deux heures au plus et je prends ton numéro de téléphone en cas de quelque chose.

Avant de sortir, il fouilla dans ses poches, en sortit la presque totalité de l'argent qui lui restait du change des lires et le déposa sur une table.

— On sait jamais, fit-il.

Et il gagna la porte.

Il marcha jusqu'à la place des Ternes et prit modestement un autobus en direction de Clichy. Son ami était artisan, et son travail consistait à forger des clés de toutes sortes, à changer des serrures et à bricoler accessoirement en électricité ; il y avait déjà longtemps qu'il vivait honnêtement lorsque Abel avait quitté Paris. Mais il pouvait se passer tellement de choses dans l'existence la plus calme, qu'Abel approchait avec appréhension du domicile de son ami.

Il longea une première fois la boutique sans s'arrêter et n'aperçut qu'une femme à cheveux blancs, debout derrière un petit comptoir. Elle lui était inconnue. Il revint sur ses pas et pénétra dans la boutique.

— Vous désirez ? s'enquit la femme.
— M. Chapuis n'est pas là ?
— Il rentre déjeuner, si vous voulez que je lui fasse une commission.
— Merci, je reviendrai. (Il allait sortir et se ravisa.) Je peux voir Mme Chapuis, peut-être ?
— Mme Chapuis ?
— Oui, c'est bien ce que j'ai dit.
— Comment, vous ne saviez pas ? Mais elle est morte, la pauvre dame, et ça valait mieux, vous pouvez le croire !
— J'arrive des colonies. Qu'est-ce qu'elle a eu ?
— Un cancer, et des souffrances, qu'on avait hâte que ça finisse.

Abel ne répondit pas directement : il se revoyait vingt ans plus tôt, présentant Paulette à Chapuis. Cela avait collé tout de suite et, finalement, elle était devenue Paulette Chapuis.

— Bon, je reviendrai, finit-il par dire.

Il était contrarié d'être obligé de traîner dans les parages. Il se trouvait à proximité du métro la Fourche, alors que son père n'habitait qu'à deux stations de là, rue Legendre. Il se réservait de le rassurer par un moyen quelconque. Il ne mésestimait pas la valeur de l'Interpol et se demandait jusqu'à quel point son nom n'était pas prononcé. Ils suivraient la trace aisément depuis Milan et l'un d'entre eux reconnaîtrait peut-être Thérèse. Dans ce cas, ou dans un autre, les recherches contre inconnu céderaient la place aux recherches contre Abel Davos, avec une souricière en bonne et due forme au domicile de M. Davos père.

Abel rebroussa chemin vers la place Clichy, la tête traversée d'idées contradictoires. Tous les dix mètres, il changeait d'opinion sur l'aide que pourrait éventuellement lui fournir Chapuis. La mort de Paulette Chapuis lui enlevait toute certitude ; dans sa pensée, le couple ne faisait qu'un, et, maintenant, l'équilibre était peut-être rompu.

Il traversa la place, animé du vague désir d'acheter des cigarettes et il aperçut le nom de l'homme avant l'homme lui-même.

C'était peint sur la tôle d'une camionnette 2 CV.

CHAPUIS
Serrurerie — Électricité
Installations — Réparations

En lisant l'enseigne, il éprouva un léger choc. La voiture, rangée le long du trottoir en face d'un cinéma, laissait supposer que le chauffeur siégeait au café voisin, le cinéma étant glorieusement fermé.

Il y a dos et dos. Ce qui autorisa Abel à se placer immédiatement derrière celui de son ami et leurs yeux se rencontrèrent dans une glace où se reflétaient déjà des files de bouteilles. Chapuis, vieilli, semblait tassé sur lui-même, cependant que son regard se dilatait de surprise en reconnaissant le gros Bill. Abel lui posa une main sur l'épaule pour éviter toute manifestation spectaculaire.

— C'est ma tournée, dit-il, mais pas debout, on va aller s'asseoir au fond.

— On peut dire que, pour du hasard, c'est du hasard, faisait Chapuis en s'asseyant.
— Pas tant que tu crois. Je viens de chez toi et j'ai parlé à la femme qui tient ta boutique.
— T'as parlé longtemps ?
— Elle m'a expliqué, et ça m'a flanqué un coup. On s'aimait bien et j'ai pas oublié tout ce qu'elle avait fait pour Thérèse avant qu'on s'en aille.

La main de son ami se serra autour du verre et ses phalanges blanchirent.

— Elle a souffert le martyre, et pas cessé de penser à vous deux et aux gosses. Elle vous appelait, et moi, j'étais là comme un con, à la regarder sans savoir quoi dire. On savait plus rien de vous. T'es venu seul ? Et Thérèse ?
— C'est fini pour elle.

Ça devenait intolérable de tout recommencer avec chacun.

— Tu ne veux pas dire... ?
— Si.

Chapuis posa simplement la main sur le poignet d'Abel qui apprécia son silence. Le café était décoré en vert et les tables étaient légèrement vernies de blanc. Elles brillaient et, pour Abel, se mirent à briller davantage, à s'animer, presque comme de l'eau.

— C'était sur la grève, en revenant d'Italie. J'ai rien pu faire, et, avec les gosses, on s'est arrachés de là, je me demande encore comment.

Chapuis lisait les journaux et il regarda Abel avec une intensité accrue. Ainsi cet homme traqué depuis l'Italie, signalé tantôt seul, tantôt avec des gosses, c'était Davos.

— Si j'avais pu me douter d'un truc pareil..., murmura-t-il au bout de quelques secondes.

L'effroi se lisait chez ceux qui apprenaient que l'assassin des encaisseurs, du marin italien et des douaniers n'était autre que lui, ce qui n'arrangeait rien et lui maintenait constamment à l'esprit l'ampleur dramatique de sa situation.

— Pour moi, ça ira toujours, mais pour les gosses, ça devient intenable, dit-il en baissant le ton.

Chapuis réfléchissait à l'organisation de sa vie depuis la mort de Paulette. Le silence tomba entre eux comme un bloc transparent, derrière lequel ils se voyaient sans se reconnaître.

— Bien sûr, maintenant que t'es seul, ça change tout, souffla Abel.

La voix atteignit Chapuis en profondeur car elle venait de traverser tous les feuillets des souvenirs.

— Ça change rien, Bill, c'est comme avant, comme toujours. (Il sortit des clés de sa poche et les lui tendit.) Tu connais l'adresse, y aura personne pour t'accueillir, mais on t'a toujours aimé là-dedans. Ce soir, je rentre, et puis on demandera à ma sœur de venir s'occuper un peu. On t'a toujours aimé, dis-toi bien ça...

Les clés reposaient sur la main ouverte d'Abel. Il referma lentement ses doigts.

— Mon p'tit vieux..., commença-t-il.

Et il s'arrêta.

Dans leur jeunesse, ils avaient couché sur des paillasses voisines et, au réfectoire, se trouvaient encore coude à coude. À cause d'un matricule dont le chiffre des dizaines se suivait. Quant à leur amitié, elle n'était pas née du partage des relents de graisse et des coups. Aucune amitié vraie ne sort uniquement de là. La leur était née des idées valables qu'ils échangeaient en petites phrases courtes, dès que la haine les laissait un peu en paix.

Abel se leva et Chapuis tourna la tête pour appeler le garçon.

— Merci, et tu peux pas savoir..., tenta d'expliquer Abel.

— Ça va, ça va, coupa Chapuis, tu vas pas me faire un discours, non ! On doit t'attendre. Allez, va, et à ce soir.

Quand il sortit, le ciel lui parut très haut. Il traversa la place pour monter dans un autobus et se laissa cahoter d'arrêt en arrêt jusqu'aux Ternes.

Il retrouva Stark dans la salle de bains. Les enfants dormaient toujours. Rien qu'en le regardant, Stark comprit que les choses marchaient dans le bon sens avec Chapuis.

— Tu vois que tous les types bien ne sont pas morts, dit Stark en considérant son rasoir électrique d'un air étrange.

Il jeta un coup d'œil sur la petite fenêtre qui s'ouvrait en hauteur, et songea qu'un jour ou l'autre le rasoir passerait par là. C'était un cadeau de Monique, mais tous les abus trouvent leur limite, cadeau ou pas. Et le rasoir de Stark abusait.

— Ça réconforte, dit Abel. Il habite Arcueil ; si tu n'as rien de spécial à faire, tu pourrais conduire les mômes en bagnole. J'irai à part, c'est pas loin du métro qui fait la ligne de Sceaux.

Éric enroula le fil électrique autour du rasoir.

— Quand veux-tu ? questionna-t-il.
— C'est mieux de les réveiller et d'en finir.

Dans la petite pièce, Abel semblait encore plus grand et plus large. Une résolution indiscutable s'établissait en lui, le fixait moralement et physiquement dans ses moindres traits. Éric comprit que Davos avait choisi de rester seul, à l'image des grands fauves contagieux qui s'isolent d'eux-mêmes. Le gangster touchait à une nouvelle phase de son existence et Stark se demanda dans quelle mesure il en serait écarté.

Abel s'était rapproché du lit sur lequel ses enfants dormaient d'un souffle égal. Il s'inclina, posa sa main sur l'épaule de son aîné et imprima un léger mouvement. Dans son sommeil troublé, le jeune garçon se plaignit un peu.

— Hugues, murmura son père, Hugues, mon petit, c'est l'heure...

CHAPITRE VII

Une fois ses fils à l'abri, Abel ne put se résoudre à vivre avec eux ni à accepter l'hospitalité que Stark lui offrait. Il ne voulait plus faire courir de risques à ceux qu'il aimait. Pour se procurer une planque, il ne lui restait plus que la pègre, sur laquelle il se posait certaines questions. En définitive, comme il avait besoin de dormir en lieu sûr le soir même et non dans dix ans, il accepta provisoirement la petite chambre de Stark.

C'était une petite chambre de bonne située au dernier étage de l'immeuble. Non mansardée, elle s'ouvrait sur la cour et un rebord convenable entre la fenêtre et la gouttière permettrait de s'éloigner et de gagner l'angle du bâtiment, qui s'ornait de degrés en fer scellés au mur. Dans la situation d'Abel, on appréciait ce genre de détails.

Sa fausse identité lui faisait penser à une semelle éculée et cela soulevait un tas de problèmes dont le moindre n'était pas l'inscription des enfants dans les écoles. Il se disait que l'argent aplanirait les obstacles. Il ne lui restait qu'une faible somme comparée à ses besoins, ce qui ne l'empêcha pas de refuser l'argent que Stark lui donna de la part de Fargier.

— Ils ont fait une manche depuis ton arrivée, expliqua Éric, ça ne t'engage pas tellement de la prendre.

— Si, ça m'engage ! Y a juste du petit Jeannot Martin que j'accepterai. Qu'il te dise ce qu'il a versé là-dessus et je le prendrai. Vintran et Fargier, c'est eux qui me doivent, et j'ai des projets pour eux. C'est pas avec une centaine de sacs chacun qu'ils vont s'en tirer.

— Plus ça va, plus ils sont gentils, j'arrive plus à m'en dépêtrer. Hier, Fargier a téléphoné trois fois chez Nevada. L'Ange m'a dit qu'il n'avait jamais vu ça.

— Il en verra d'autres, murmura Abel. Tu peux commencer à montrer le bout de l'oreille... ou plutôt non, ne t'occupe de rien en dehors de Jeannot. On va arranger un rendez-vous. Les deux autres, je vais leur téléphoner. Ça te débarrassera et, même à Jeannot, tu dis que tu ne sais pas où je me planque. Il le dira aux autres et ils le croiront.

Éric se levait tard, et, en descendant, Abel s'arrêtait chez lui. Ils ne sortaient jamais ensemble. Éric se demandait de quelle façon Abel comptait se défaucher en pillant seul, et il tourna un peu autour du pot avant de lui proposer une association.

— T'es gentil, mais j'aime mieux pas, refusa Abel.

— Ça ne me dérangeait pas et c'était juste pour une fois. Un truc trop important à faire seul, et autant te filer la préférence.

— Je croyais que tu travaillais toujours seul ?

— En principe, oui. Mais j'ai vu des cas où c'était impossible. Enfin, n'en parlons plus. Seulement pour le matériel, ne te gêne pas. Tu me le dis la veille et t'auras tout ce que tu voudras.

— Les serrures, ça m'a toujours effrayé, sourit-il. Je compte remonter mes boules autrement.

Éric savait qu'Abel et une poignée d'hommes décidés avaient tenu la police en échec et s'étaient joués de toutes les précautions des capitalistes. Plusieurs de ces hommes ne souffraient plus du froid en hiver, ni de la chaleur en été. Les autres étaient rangés des voitures et frissonnaient rien qu'à l'idée de courir le dixième des risques passés. Éric les avait vus à l'œuvre, lorsqu'il s'était agi de conduire l'ambulance. Il pensait que même le petit Jeannot ne s'équiperait plus avec Abel. Abel était seul et pour faire venir le gros paquet, ça ne serait pas du facile.

— Quand tu auras touché, qu'est-ce que tu feras ? demanda Éric.

— J'arrangerai tout pour que les gosses soient tranquilles et je foutrai le camp au diable. J'ai vu des cas où on accordait légalement un changement d'état civil. Ils peuvent ni continuer à vivre sous un toc ni continuer à s'appeler Davos. Ils ont le droit de vivre et les gosses d'Abel Davos, ils trouveront toujours un fumier sur leur chemin pour les emmerder et aller baver dans la famille d'une fiancée, s'ils veulent se marier. Tu me diras qu'ils sont pas responsables, mais tu connais les gens, les scandales, ça les aide à vivre. Et même dans leur boulot, on leur ferait jamais confiance. Tiens, si tu t'appelles Stavisky, t'as qu'à essayer de te lancer dans la finance...

Il s'arrêta. Il lui semblait qu'il bavardait énormément et ça venait sans doute de cette amitié entre Stark et lui qui grandissait chaque jour. Il ne cherchait pas à déménager, ayant d'abord d'autres préoccupations immédiates et, ensuite, un besoin de voir Stark, de ne pas s'éloigner de lui.

Il avait donné à Chapuis une centaine de mille francs pour subvenir aux premiers frais.

— Ne fais pas d'imprudence pour payer pour les gosses, lui avait dit ce dernier. Ils sont pas dans un hôtel et tu dois pas te soucier de l'argent, si c'est dur pour toi.

— Faut rien exagérer ! Ça ne marche pas fort, mais j'en suis pas à dix sacs près.

— Tu devrais aller les voir, conseilla Chapuis. Y a une surprise qui t'attend...

— Qu'est-ce que c'est ?

— Une surprise, c'est une surprise, fit-il.

Abel ne put rien en tirer de plus. Il s'était promis de s'écarter le plus possible du chemin qui conduisait vers ses fils, mais il ne résista pas au désir de se rendre à Arcueil.

Il changea à Denfert-Rochereau, prit la ligne de Sceaux et descendit à la station Laplace. En sortant du métro, on passait sous un pont, et ce n'était pas loin, sur la gauche d'une avenue en pente. Une pluie de printemps, aux gouttes espacées, hésitantes, vous mouillait très honnêtement. Abel releva le col de son imperméable et allongea le pas.

Il entendit la voix de Marc. Le son venait de derrière la maison. Il poussa la grille et s'engagea dans une allée étroite qui contournait la bâtisse. L'un des battants de la porte-fenêtre de la cuisine était ouvert. Abel ne faisait aucun bruit, mais son corps obstruant la lumière du jour assombrissait la pièce. Jacqueline se retourna. C'était la sœur de Chapuis.

— Hello ! fit Abel.

Il demeurait debout, les bras le long du corps. C'est elle qui s'avança.

— Je suis si heureuse de vous voir, murmura-t-elle.

— Moi aussi, moi aussi...

Et, s'ils y pensèrent, aucun d'eux n'évoqua le parloir et les crânes rasés.

Ils s'étaient connus dans le parloir d'une prison centrale. Elle venait visiter son frère. Quant à Abel, il avait encore sa mère. Les deux femmes s'attendaient et pénétraient ensemble dans la prison. Il y avait longtemps de cela.

— Marc ! Hugues ! cria-t-elle, venez voir qui est là !

Abel embrassa les enfants qui, déjà, portaient des habits qui lui étaient inconnus. Ils s'amusèrent à le débarrasser de son imperméable, mais il l'accrocha lui-même au portemanteau, à cause d'un pistolet de fort calibre qui pesait de façon insolite au fond d'une poche.

Jacqueline et lui se dévisagèrent plus qu'ils ne parlèrent, se trouvant, au début, réciproquement vieillis. Puis ils se réhabituèrent l'un à l'autre et se dirent que, somme toute, ils n'avaient pas tellement changé. Elle n'osait pas le questionner bien qu'à chaque instant la pensée de ce qu'il allait devenir l'envahît.

— Quand reviendrez-vous ? demanda-t-elle pourtant.

— Quand je pourrai. Tout est bizarre en ce moment. Mais vous savez, pour les gosses, achetez tout ce que vous voudrez. Bientôt on s'organisera pour l'école et le reste.

Ils avaient parlé de Paulette, mais pas de Thérèse. Bien que le nom de Paulette conduisît automatiquement la pensée à celui de Thérèse. Et ce sont parfois aux gens dont on parle le moins, qu'on pense le plus.

— On ne devrait pas dire ça devant eux, mais ce sont de braves petits, dit-elle à un moment.

Abel sentit, avec plus de force, qu'il devait les tirer de là et faire absolument quelque chose. Il avait traîné dans la ville en remuant le passé, et ce n'était pas le pèlerinage sur les points d'agressions de jadis qui l'enrichirait.

— Vous pourrez vous en occuper combien de temps ? questionna-t-il.

— Autant que vous voudrez.

— Vous êtes gentille, mais, je veux dire, vous avez votre vie, votre maison...

— Je suis veuve et j'ai une maison voisine de celle-ci. Ni enfant ni rien.

Elle regarda les deux garçons et ça voulait dire qu'elle se sentait moins seule. Cette femme lui était familière et cependant il ne savait rien d'elle.

— Et dire qu'on se connaît depuis si longtemps, constata-t-il.

— Ça ne nous rajeunit pas, sourit-elle.

Elle était encore bien, et ça commençait à lui faire drôle de la voir, entourée des enfants.

— Il faut que je m'en aille, murmura-t-il en se levant.

— Vous savez qu'on est là, et qu'on pense à vous.

Il embrassa les gosses et comme elle était toute proche de lui, debout, il l'embrassa aussi.

Il s'en alla en cette fin d'après-midi, décidé à obtenir le soir même un petit résultat.

Il ne voulait pas travailler avec Stark. Ce dernier pouvait supporter une arrestation sans aggraver son cas. Abel ne pouvait que mitrailler les gens menaçant sa liberté.

Il vivait sur l'argent de Jeannot le Dijonnais et les billets se volatilisaient avec une rapidité déconcertante. Il dîna dans un restaurant de la rue Royale et pénétra dans le cinéma situé à côté du Weber, sans se soucier du film. Le lendemain, il avait rendez-vous avec Jeannot et sa pensée se détachait difficilement de deux hommes : Henri Vintran et Raoul Fargier. Il ne voulait pas demeurer dans l'incertitude et il pousserait la question jusqu'au bout.

Vers minuit, il s'achemina paisiblement vers l'Opéra et monta dans le premier taxi d'une file en attente.

— Gare d'Austerlitz, fit Abel en s'asseyant.

— Vous êtes pressé ? demanda le chauffeur en baissant le drapeau.

Abel consulta sa montre.

— J'ai vingt-cinq minutes.

— À cette heure-ci, y en aura de reste.

C'était une Versailles et Abel allongea les jambes en biais, la tête appuyée dans un angle. La voiture longea les quais jusqu'au pont d'Austerlitz et ralentit légèrement. Les feux rouge et vert étaient remplacés par un clignotant. Pour Abel, il était hors de question de passer sur ce pont. En une seconde, il appliqua le canon d'un 7,65 sur la nuque du chauffeur.

— Tu vas tout droit, tu mets les mains en haut du volant, et ça ira, dit-il.

Le type obéit, la peur au ventre et des assassinats plein la tête.

— Tu fonces et tu t'occupes pas des feux ni de rien, continua Abel.

Il se pencha, passa un bras au-dessus de la banquette et entreprit de fouiller les poches des vêtements. Il jetait les objets un à un sur la banquette arrière. Il ne découvrit pas d'arme. Elle devait se trouver sur le côté de la portière. Il se pencha davantage pour y accéder ; il n'y avait rien.

— Où est ton flingue ?

— J'ai deux gosses, balbutia l'homme.

Il n'avait qu'à laisser tomber une de ses mains pour la refermer sur la crosse d'un automatique dissimulé sous son tableau de bord. La main droite de préférence. Rien que d'y penser, il la sentait plus lourde.

— Tu les reverras si tu joues pas au plus malin.

— J'ai pas d'arme, assura-t-il.

Abel n'en crut pas un mot.

— C'est toi qui choisis, fit-il.

Sur la gauche, un feu indiquait la bifurcation vers Melun, par le pont de Charenton.

— Tout droit sur l'autoroute, indiqua Abel.

Ils commençaient à se perdre dans la nature. La route était belle ; ils croisaient des voitures qui filaient vers Paris.

Abel voulait en terminer avant d'arriver à Joinville. Le type, âgé d'une trentaine d'années, était trapu et large d'épaules, du genre peu maniable surtout dans un espace réduit. Il l'obligea à ralentir, à s'engager à droite sur une route annexe et à stopper une vingtaine de mètres plus loin.

— Coupe les phares, mets-toi au point mort et laisse tourner le moulin.

Le chauffeur en profita pour ne pas remettre la main droite à la même place, en haut du volant. Il la posa un peu plus bas.

— Maintenant, va au bout de la banquette, sur ta droite, avec les mains en haut, sur le tableau de bord.

Il ne bougea pas, ne pouvant se résoudre à s'éloigner de son arme.

— T'as deux secondes, souffla Abel, en pressant le canon sur la nuque.

Le corps glissa lentement au bout de la banquette.

— Passe par-dessus la banquette et viens à l'arrière.

Abel s'était calé dans le coin opposé, l'arme hors de portée. Il le fit asseoir, le dos tourné, les mains croisées au-dessus de sa tête et entreprit de le fouiller plus méthodiquement.

— Enlève tes pompes, dit-il ensuite, et ouvre la porte, on va se balader au clair de lune.

Ils firent le tour de la Versailles. Une chape de plomb écrasait le cœur de l'homme tandis qu'une étrange sensation de vide s'installait au creux de son estomac. Abel le tenait par le bras et pointait son arme contre ses reins. Il l'immobilisa devant le capot de la voiture.

— Bouge pas de là, intima-t-il en reculant.

Il se mit au volant et alluma les phares.

— Marche dans la lumière, jusqu'à ce que je te dise d'arrêter.

Les graviers du chemin lui caressaient la plante des pieds. Les nerfs tendus, il guettait l'approche de la voiture pour se jeter sur le bas-côté, plutôt que de se laisser écraser comme un crapaud. Abel regardait la silhouette qui atteindrait bientôt l'extrémité du pinceau lumineux. Il enclencha la marche arrière et rétrograda lentement. Le type avançait toujours. Alors, il recula franchement, et la voiture se retrouva sur le bas-côté de l'autoroute, le nez vers la grande ville, abandonnant son propriétaire dans la nuit.

Il roula jusqu'à la hauteur du boulevard Henri-IV, sans trop respecter les usages. Après quoi, il s'assagit, se méfiant des pèlerines. Comme il ne voulait pas prendre un autre taxi pour rentrer chez lui, il utilisa celui qu'il avait pour se rapprocher des Ternes. À l'Étoile, il prit l'avenue Foch et s'arrêta sur la petite chaussée, en bordure des hôtels particuliers.

Il étala les objets volés à côté de lui et se contenta de prélever l'argent, soit une cinquantaine de mille francs. Le dernier billet tomba entre ses jambes. Il se baissa pour le récupérer et aperçut le flingue du chauffeur. Un petit film se déclencha dans sa tête, et le risque qu'il avait couru l'étonna. Ce type aurait pu déclencher une fusillade pour cinquante malheureux papiers. Rien n'était simple.

En s'éloignant du taxi, il se souvint que, dans cette même avenue, il avait dépouillé deux cents personnes avec son équipe, au cours d'une réception chez un ponte de la Bourse. Et, à bien réfléchir, il avait couru moins de risques que pour dépouiller ce chauffeur d'une somme infime.

Il pensa que l'époque était différente. C'était ça ; une question d'époque. Il raisonnait comme les gens qui, s'essoufflant en gravissant un escalier, pensent que les architectes d'aujourd'hui construisent des degrés plus raides qu'une vingtaine d'années auparavant.

Une fois enfermé dans sa petite chambre, il dressa son bilan. Combien pourrait-il agresser de chauffeurs avant que la concordance des plaintes ne rende ce sport plus ardu que l'attaque de la Banque de France ?

Ce moyen immédiat d'encaisser journellement des sommes diverses ne pouvait s'écarter. Il obtiendrait ainsi un capital lui permettant de préparer une affaire plus rentable. Et il ne resterait pas éternellement seul. Naldi avait un associé qui traînait quelque part. Il s'appelait Marc le Gitan. Il était mouillé jusqu'aux os et sa mentalité défiait les épreuves. Abel se réserva d'en parler à Jeannot le Dijonnais, qu'il rencontrait en fin de matinée. Ils pourraient peut-être s'entendre également au sujet de Fargier et de Vintran.

— S'ils s'imaginent que je vais passer les dés, ils se berlurent, murmura-t-il en préparant son lit.

Il entretenait sa chambre lui-même, ça évitait de développer le sens de l'observation d'une femme de ménage. Dans la journée, il dissimulait sa mitraillette sous l'armoire. Avant de se coucher, il se baissa pour la récupérer. Chaque nuit, il la plaçait en travers d'une petite table, à portée de sa main. Cette masse d'acier, avec son œil rond et le bras tendu de son chargeur n'était pas inerte. Elle s'animait pour lui, l'aidant à dormir, le tranquillisant, à l'image d'un parachute lorsque des kilomètres de vide vous séparent du sol.

En s'éveillant, il chantonna et se prépara en vitesse pour saluer Éric au passage. Mais ce dernier était déjà parti, de sorte qu'Abel disposait d'une heure avant son rendez-vous avec le petit Jeannot. Il se rendit néanmoins au lieu indiqué, dans le haut de l'avenue de la Grande-Armée : un établissement intermédiaire entre le bar et la brasserie, comportant une sortie de secours par les toilettes.

Jeannot Martin attendait déjà. Dans son désir de revoir le gros Bill, il avait mal dormi et ne parvenait pas à secouer son émotion. Abel l'aperçut, coincé entre une petite table ronde et la véranda. Il tapota contre la vitre avant d'entrer et Jeannot sursauta. Il le trouva debout et ils s'embrassèrent.

— Sacré vieux crabe ! lança Jeannot.

— Dis donc, t'es superbe, tu vas nous enterrer, rétorqua Abel.

— On imagine pas que tu puisses y passer un jour avec ce que t'as déjà vu, sourit l'autre.

Abel jeta un coup d'œil au fond de la salle.

— J'ai une préférence pour les endroits abrités. Ici, ça fait vitrine.

Jeannot se leva et ils s'installèrent dans le coin le plus proche du petit panneau lumineux *Toilettes — Téléphone*.

— Eh bien ! soupira Jeannot, t'es quand même là !

— Tout arrive... Et c'est toi que je vois en premier. Je vais pas te faire des discours, Jeannot. À Nice, j'ai vu personne et ça m'a fait drôle. J'ai vu une ambulance, des flingues, et c'est tout. Quand on a eu besoin de moi, on m'a toujours trouvé. Ça fait combien de temps qu'on se connaît ?

— Ça tourne dans les trente piges.

— On a joué ensemble et on se battait à coups de pierres contre ceux du quartier de La Garenne. C'est bien ça ? On avait dix ans, c'est pas d'hier.

Jeannot avait une cicatrice en forme de V, sur le front, à l'endroit où les tempes se dégarnissent. Il y porta le bout des doigts à cause des yeux d'Abel dirigés dessus. Il s'agissait d'un autre souvenir plus proche. Dans leur vie, les souvenirs s'inscrivaient dans la chair, par étapes.

— J'ai rien oublié, murmura Jeannot.

— C'est ça que je crois. D'abord, je veux te dire que tout ce que tu me raconteras, je le croirai. J'ai pensé à vous, à tout ça, pendant des nuits, et après j'ai causé à Stark. Il t'a dit ?

— Pas grand-chose. Ce mec parle peu. Il a rendu la fraîche aux autres en disant que tu prenais juste ma part, et qu'on lui foute la paix avec ces salades.

— Remarque, je lui ai rien dit sur Fargier, ni sur Riton. J'ai parlé uniquement de toi. Ça m'a semblé si impossible que tu n'aies pas une bonne raison, que j'ai eu besoin d'en parler à quelqu'un. Ça m'étouffait, tu piges ? Ça me serrait là...

Le garçon s'approchait. Ils commandèrent deux cognacs à l'eau.

— Du Henco, précisa Abel.

— Alors, voilà..., débuta Jeannot.

Et il exposa toute l'histoire par le détail, depuis le premier coup de téléphone de Nice.

— ... T'as compris ?

Abel avait très bien compris. Il lampa son cognac.

— Ne leur dis pas qu'on s'est vus ; je m'occuperai d'eux quand j'aurai remonté mes boules.

Jeannot pinça sa lèvre inférieure entre le pouce et l'index. Chez lui, c'était un signe d'attention.

— T'aurais dû accepter toute la manche. Après tout, ils te doivent assez. Et depuis que Naldi s'est fait foutre en l'air, t'es seul. C'est dur de se défaucher quand on est seul, et un équipier sérieux, ça se fait rare.

— Surtout pour travailler avec moi.

— Tu connais la vie, Bill. Tu sais bien qu'un jour ou l'autre on pense tous à décrocher. Fargier, Riton et moi, on a terminé, mais pour moi c'est plus pareil. Il fallait que tu le saches. Tu peux pas t'éterniser à Paris, et j'ai pas assez pour te refiler le paquet. Alors, si t'as pensé à quelque chose, tu peux compter sur moi.

— Essaie de trouver Marcel le Gitan qui travaillait avec Ray et Pierrot. Ray m'avait dit qu'il devait traîner sur Bordeaux. C'est tout ce que tu peux faire pour moi. J'ai pas l'intention de bricoler ni de travailler en équipe, et il me faut des types comme moi. Avec Marcel, ça irait. Toi, liquide cette salade avec la fille et tiens-toi peinard.

— En parlant de ça, t'as personne en ce moment ? Tu veux que j'en baratine une pour toi ?

— Je préfère les turfs. J'y vais à l'occasion. Tu casques et t'as pas d'emmerdements. Pas de questions.

Elle connaît même pas ton prénom. Les filles qui s'habituent finissent toujours par se faire une petite idée sur toi, et ça complique tout.

— Ça se défend. Et ta planque, c'est du solide ?

— Je crois que oui. Fargier et Riton, ils t'ont parlé de quelque chose pour ça ?

— Non. Ils font la quête.

— Et ils attendent que je mette les voiles. Je gêne sur les bords. Le Riton, un jour que ça n'allait pas, je lui ai filé une brique. Tu me diras que j'étais plein aux as, mais c'est pas une raison. Quant à Fargier, tu sais d'où je l'ai arraché ! J'arrête pas de penser à eux. T'as pas idée comme j'y pense...

Le petit Jeannot savait ce que cela voulait dire, mais il suivait son idée.

— Et si je ne trouve pas Marcel ?

— Tant pis. J'amasserai par petites secousses. J'ai déjà commencé hier, et il faudra pas longtemps.

— Même avec Marcel, t'auras du mal pour te remplir d'un seul coup. Il faut voir se trimbaler les encaisseurs et leur blindage !

— On y mettra le prix. On ne demande pas à en opérer cinquante ; un seul suffira.

— Oui, bien sûr. Enfin, c'est dommage que Fargier ne bosse plus. Aujourd'hui, c'est son truc le meilleur. Il a pas dû couper avec tout le monde. On doit rencontrer des internationaux chez lui.

— Tu perds ton temps, Jeannot. Je vais pas m'abaisser à le taper. J'ai refusé son fric pour qu'il comprenne qu'Abel Davos, c'est pas un mendiant. S'il brille au soleil, c'est grâce à moi. Il fait le mort, il n'est pas venu à Nice, il a même pas proposé une planque. Rien que son sale pognon. Mais je crois pas qu'il puisse oublier ce que j'ai fait pour lui. Thérèse avait jamais pu le blairer et je crois qu'elle n'avait pas tort, la pauvre gosse...

Jeannot tira encore sur sa lèvre, par petites saccades. Abel lui semblait terriblement loin. Ils se regardèrent en silence.

— On se revoit quand ? murmura enfin Jeannot.

— Je téléphonerai tous les trois ou quatre jours, pour savoir si t'as trouvé Marcel.

— D'ac'. Mais tu sais que j'suis là pour n'importe quoi. T'as eu des nouvelles de ton vieux ?

— Non. J'ai pas cherché. C'est mieux de ne pas l'inquiéter. Il croit qu'on est tranquilles en Suisse et j'veux pas lui compliquer tout, une fois de plus. Ça sera seulement pour les gosses, si ça tournait trop mal. C'est le seul parent qui leur reste. Y a plus personne du côté de Thérèse, mais pour l'instant, ça ne se pose pas.

— T'as sans doute raison. Et puis on se demande ce qu'ils savent. Riton en causait l'autre jour et il devait le savoir de Fargier. D'après eux, t'es redressé. Dans les canards, on voit pas ton blase, mais ça veut rien dire. Les condés savent que c'est toi et ils la mettent en veilleuse pour pas t'inquiéter, pour que tu fasses quelques conneries et qu'ils te ceinturent en douceur. Et aussi l'histoire que vous avez eue en rentrant dans Paris. Riton dit qu'il fallait pas semer le motard, qu'il fallait rentrer dans un hôpital et que le motard n'aurait pas cherché à voir plus loin. Tandis que, là, vous l'avez largué et ils ont fait un rapport. Riton dit que ça fait bloc et que ça signale ton arrivée à Paris. Mais tout ça vient de Fargier, tu peux en être sûr.

— Qu'est-ce que ça change ? Faudra qu'ils me trouvent.

— Ce que j'en disais, c'était pour toi. On espère qu'ils te trouveront pas.

— Tu espères, fit Abel en appuyant sur le « tu ».

Les yeux de Jeannot s'agrandirent.

— Oui, c'est comme ça, s'emporta Abel, Rara gamberge de son côté et moi du mien. Il influence Riton ; c'est du beau travail et je me demande où ça va s'arrêter. Ils vont faire ami-ami chaque jour un peu plus. Ils ont calculé les chances que j'avais de passer à travers et t'as pu te rendre compte qu'ils en trouvaient pas beaucoup. Et si t'as pas une petite idée là-dessus, moi j'en ai une. Si ça durait trop, ils finiraient par me balancer aux poulets. T'entends ! ils me balanceraient !

— Allons, allons, fit Jeannot en posant la main sur le bras de son ami. Ils ont le trac de se mouiller, c'est d'accord. Mais pour le reste, ils sont propres. Riton, je le vois tous les jours et si le Fargier lui parlait d'un truc de ce genre, il le tuerait, tu peux en être sûr.

— T'en as pas assez vu, murmura Abel. Tu crois qu'il me planquerait, Riton ?

— Oui.

— Parce que, quand un ami est traqué à zéro et qu'on lui refuse une planque, tu sais à quoi ça ressemble, hein ? Autant souhaiter que les poulets l'emballent pour qu'il débarrasse tout le monde, les bons amis compris. Et tu sais aussi comment ça se paye ? Mon tarif, ils le connaissent, il a pas changé.

— Fargier pense à tout.

— On pense jamais à tout, vieux. T'as vu cette voltige depuis qu'on a quitté la Suisse ! On a pas arrêté de se tromper.

L'heure de l'apéritif poussait les gens à l'intérieur de l'établissement.

— Écoute, Bill. Le fric d'abord. Ça sauve tout. Et puis le téléphone de ton vieux pote par-dessus le marché. Faut pas que t'oublies ça, sinon ça vaudrait plus la peine...

Abel eut un bon regard.

— Ça fait du bien de t'entendre, tu sais. (Il se leva.) Je vais sortir le premier, et ne te casse pas la tête, ça ira.

Il partit sans se retourner et Jeannot se demanda s'ils se reverraient un jour.

Abel se rendit chez Stark ; il était encore absent. Il redescendit téléphoner à Chapuis ; les gosses allaient bien. Abel lui recommanda de les combler de tout et du reste. Il apprit que Jacqueline avait acheté des livres d'étude pour remplacer l'école. On lui demandait l'autorisation de prendre un étudiant qui viendrait à certaines heures donner des cours. On pourrait lui raconter qu'il s'agissait des fils d'un fonctionnaire colonial, qui repartaient dans trois mois. Il donna son accord. Cela simplifiait ; l'inscription dans une école posait un sérieux problème. D'ailleurs, dans deux mois, on tombait sur les grandes vacances. Et, où seraient-ils en octobre ?

Il se trouvait place des Ternes. Il se dirigea vers le parc Monceau, passa devant des restaurants, tous les menus dehors. Il n'avait pas faim. Il réfléchissait à sa conversation avec le petit Jeannot. Il aurait eu honte de lui avouer qu'il attaquait des chauffeurs de taxi. Un soir, il en agresserait un qui ne posséderait que vingt mille francs, peut-être dix. Depuis qu'il se servait d'un flingue pour solliciter les gens, il n'avait pas souvenir d'avoir tenté une opération de si médiocre envergure.

À ses débuts, il cambriolait les chambres de bonnes. Ça n'avait pas duré. Le temps de prendre la mesure et il en avait terminé avec le sordide. Et aujourd'hui, que faisait-il ? La flicaille en ricanerait longuement si elle pouvait le deviner. L'argent l'amena à songer à ceux qui en possédaient et, presque tout de suite, la gueule inconsistante d'un receleur qu'il connaissait pour l'avoir enrichi, s'imposa en vision fidèle.

Cela l'amusa de pousser une petite reconnaissance jusqu'au domicile du sieur Gibelin. Il demeurait rue Cambon et sur sa plaque on lisait : *A. Gibelin, décorateur.*

L'immeuble, assemblage de pierres noirâtres, n'était que silence et profondeur. Abel passa devant la loge de la concierge sans rien lui demander. Il ne la vit pas, mais un rideau bougea légèrement. Au deuxième étage, la petite plaque brillante, inchangée, lui rappela d'autres temps. Il sourit et redescendit.

Les nuages blancs, bordés de lumière, voguaient sous une brise légère. Il en sentit davantage les bienfaits sur les berges de la Seine. Il pensait à Gibelin et ne voulait pas le tuer. Il pouvait lui monter une comédie à seule fin que le vieux renard prépare du disponible, mais, pour cela, il devait s'y prendre en deux visites et il se jugeait trop mouillé. Un fourgue en croque, un jour ou l'autre. Seule, une visite improvisée offrait quelque sécurité. Gibelin le connaissait. S'il vivait après l'agression, une maille s'ajouterait au filet qui se tendait autour d'Abel. À moins qu'il vive sans pouvoir prononcer son nom.

Il tourna l'idée dans sa tête jusqu'au soir, ne regardant même pas ce que le garçon lui servait pour dîner.

Ensuite, il exécuta ce qu'il avait décidé la veille. Il ne modifia que l'heure, le point de départ et la destination.

Le taxi maraudait, traversant la Concorde. Un beau taxi, une 403. Il s'arrêta docilement.

— 71, avenue de Villiers, dit Abel.

Ça faisait mieux de préciser un numéro et cette avenue était calme. Il y avait des arbres. L'article de la veille n'était pas tapageur. Celui-ci le serait peut-être davantage. Et les autres ? Il pensa aux journalistes chargés des faits divers.

Le chauffeur avait une nuque grasse. La chair débordait sur le col de la chemise. Abel ne pouvait plus détacher son regard de ce dos, tassé contre la banquette.

CHAPITRE VIII

— Mais dis donc, t'es pas dans un cimetière, ici ! rageait Monique.

Éric était d'accord. La chambre évoquait l'amour et la fille était belle. Ce qui ne l'empêchait pas de rêvasser à Liliane, en attendant une bonne raison de courir après.

— On n'a pas toujours envie de rigoler, dit-il.

— Et tu peux pas rigoler toute la journée ailleurs, et encore ici le soir.

— Tu vas pas recommencer, non ?

Elle traversa la pièce et se campa devant lui.

— Je trouve ça un peu trop facile ! Pas toi ? T'as qu'à te laisser vivre, t'es en bonne santé, on est ensemble et tu fais une bobine de condamné à mort. Et moi, faudrait que je sois gentille, que je marche sur la pointe des pieds, que j'attende que ça te passe.

Il se leva, lui caressa l'épaule au passage et sortit en lui disant :

— T'énerve pas, va, ça ne changera rien.

Les journaux livraient l'ambulance en pâture au public. On parlait de la mystérieuse infirmière. Le fil était renoué entre l'incident de la porte d'Orléans, et les péripéties Italie-Côte d'Azur.

Il décida de revoir Liliane Viviani pour se protéger contre ses bavardages. Il se disait ça, mais ce n'était pas très exact.

Il abandonna sa voiture au début de la rue de Verneuil presque à l'angle de la rue des Saints-Pères, et fit le reste à pied. C'était un vieil immeuble plein de poésie. Une odeur indéfinissable flottait dans la cage d'escalier. Au cinquième, il avisa la porte de gauche, vierge de toute plaque. Un long cordon pendait contre le bois sombre. Il l'agita et une très jolie femme de type oriental s'encadra dans l'ouverture. Peut-être quarante ans, peut-être davantage. Il n'évaluait pas au juste.

— Madame Weber ? demanda-t-il.

— Moi-même. Entrez, je vous prie.

Sa voix dispensait une impression de tiédeur.

— Je m'excuse de vous déranger, je viens simplement pour voir Mlle Liliane Viviani.

L'intérieur de l'appartement ressemblait à cette femme. On avait envie de s'y reposer. Stark regardait l'ourlet sensuel de ses lèvres. À mieux l'examiner, il la trouvait un peu grasse. Il se disait que c'était le sort de beaucoup de Juives, à leur maturité.

— Liliane n'est jamais là en début d'après-midi. Vous êtes M. Éric, sans doute ?

— Oui.

Il se reprocha de n'être pas venu le lendemain de leur arrivée.

— Elle travaille. Elle répète dans une troupe, à cet endroit.

Sur un petit bureau, il y avait un presse-papiers en métal, et sous ce presse-papiers, une feuille pliée en quatre. Elle la lui tendit en souriant.

— Merci beaucoup, dit-il.

Il brûlait de partir, ça devait se voir. Elle tendit sa jolie main et l'abandonna dans celle de Stark. Sa chair était douce et lourde.

Il sauta dans sa décapotable et, bien que l'encombrement parisien n'autorise aucune folie, il fut assez vite à la rue des Martyrs.

Il s'agissait d'un vaste local, au fond d'une cour. Sur la porte, qui s'ouvrait dans un petit couloir, contre une cage d'escalier, on lisait *Entrez ou sortez*.

Il entra. Un groupe d'hommes et de femmes discutaient, les uns debout, les autres à califourchon sur leur chaise. Ils regardèrent l'arrivant. Liliane s'était décollée du mur contre lequel elle s'adossait. Éric s'avança vers elle.

— Bonjour, je vous dérange ?

— Mais non, voyons ! je suis contente de vous voir. Je vais vous présenter.

Elle portait un tricot léger, de couleur noire, qui amincissait son torse, et une jupe large. Son visage était calme, reposé. Il la trouva belle et plus désirable que jamais.

— Voilà des comédiens et des comédiennes, dit-elle en désignant l'ensemble d'un geste large. Et voilà Éric.

On le salua dans un grand brouhaha et il ne savait quoi dire au centre d'un monde tout nouveau pour lui. Elle l'entraîna un peu à l'écart.

— Comment va votre ami ? questionna-t-elle.

— Bien, très bien. Il est guéri.
— Et sa femme ?
— Sa femme ? Bien, très bien également...
— Et les enfants ? Ils m'ont paru si tristes.
— Ils étaient fatigués, vous comprenez. Maintenant, ça va.

Elle le regardait posément. Il ouvrit la bouche et la referma.

— Vous vouliez dire quelque chose ?
— Oui. Mais on ne pourrait pas aller ailleurs ?
— Attendez, fit-elle.

Elle se dirigea vers un groupe formé autour d'un homme qui portait de grosses lunettes d'écaille sur une face de batracien. Elle prononça quelques mots et revint vers Stark, récupérant un manteau de demi-saison sur le dossier d'une chaise.

— Partons, dit-elle.

Ils firent quelques mètres et il s'arrêta devant sa voiture basse.

— C'est à vous, ça ?
— Bien sûr, sourit-il.

Il était bien habillé, et on sentait qu'il l'était toujours.

— Ça rapporte, de vendre des voitures, dit-elle en s'asseyant.

Stark démarra, sans but précis.

— Écoutez, dit-il. On ne va pas jouer à ce jeu-là. Qu'est-ce que vous pensez des journaux ?

— Je pense que la police ne mettra pas la main sur l'infirmière de sitôt.

— Et puis, on doit pas écouter tout ce qu'ils racontent.

— Je suis d'un autre avis, dit-elle en lui réclamant une cigarette. Mais c'est drôle, les gangsters, je ne les imaginais pas comme ça.

Il préféra laisser venir que d'argumenter maladroitement.

— Vous voyez, continua-t-elle, en vous quittant, j'avais un doute. Des journaux, on en prend et on en laisse, mais il y a trop de précisions pour tout laisser. Alors j'ai cru un maximum, parce que j'ai voyagé avec vous et que je me suis souvenue d'une foule de choses.

Elle tirait sur sa cigarette et regardait la fumée qui colorait le vide.

— Des choses ? fit Stark d'une voix neutre.

— Oui. Par exemple, la mitraillette de votre ami, quand sa couverture était tombée.

— Une mitraillette, vraiment ? répéta-t-il d'un ton ironique.

— Et vous un revolver, avec l'art de semer les policiers. Vous m'aviez raconté une belle histoire...

— Croyez n'importe quoi, je n'ai aucun moyen de vous persuader du contraire. J'ai du plaisir à être avec vous et ça me gênait que vous vous fassiez du souci pour les articles. Après tout, vous n'avez rien à vous reprocher et ils n'ont pas de signalement précis de vous. On pourrait peut-être parler d'autre chose ?

— Je suis contente d'être avec vous, sinon je n'aurais pas laissé le mot chez moi. Mais ça me plairait pas que vous vous entêtiez à me raconter un tas d'histoires. Alors j'ai préféré vous parler. Même si vous m'étiez antipathiques, je ne vous dénoncerais pas. Sur la route, vous m'avez tirée du pétrin ; et votre ami, avec ces gosses, j'y pense souvent. Dommage qu'ils en soient là. Il y a du sentiment chez cet homme et il est plongé dans le drame jusqu'au cou. Il me fait penser à un tragédien qui voudrait changer d'emploi et auquel on ne propose que des rôles dramatiques parce qu'il a une tête de circonstance. À un certain point, on n'en sort plus...

Stark était passé par Courcelles et conduisait en direction de Boulogne. Il comprit qu'ils ne pourraient parler d'autre chose avant d'avoir tout déballé.

— Et moi, murmura-t-il, j'ai la tête de l'emploi ?

— Je ne sais plus. Cette drôle de nuit a tout faussé ; nous aurions dû nous rencontrer ailleurs. Vous m'auriez dit que vous vendiez des voitures et je vous aurais cru. C'est si bon de croire. Mais vous avez des excuses, et j'ai sans doute été trop curieuse. Ça me plairait d'imaginer que vous pourriez faire autre chose que de courir les chemins en ambulance avec un ennemi public en guise de malade. Ce serait un peu comme si nous nous étions connus ailleurs.

Elle allait sans doute continuer, mais il emprisonna sa main.

— Écoutez, Liliane. On va faire un pacte. D'abord, on va aller danser et on s'arrêtera de parler. Ensuite, on essaiera de se revoir et on ne se posera aucune question. Vous savez déjà ce qu'il faudrait raconter aux flics si, par miracle, ils vous trouvaient. Vous choisirez le plus simple : vous jurerez que c'est une erreur, et ni mon ami ni moi ne viendrons dire le contraire. En dehors de ça, c'est inutile d'en discuter encore. On pourrait vivre le présent sans s'occuper du reste. Ça vous irait ?

— Ça vaut la peine d'essayer.
— Alors, on va danser.
— On y va...
Ils approchaient de l'orée du bois. Il appuya sur l'accélérateur et la voiture se rua sur les dernières centaines de mètres. Sa jupe et son corsage n'étaient pas étudiés pour susciter l'envie des autres femmes dans un thé dansant, mais pour le confort pendant les répétitions. Stark la trouvait trop belle pour penser à la robe qu'elle portait, et elle s'en souciait encore moins que lui.

L'orchestre siégeait au premier étage de l'établissement. Comme il n'y avait pas grand monde, ils s'installèrent dans un angle. Une musique d'ambiance comblait les vides. Ils se levèrent, sans tarder, pour danser. Dès qu'ils furent l'un contre l'autre, ils se sentirent bien. Ils se regardèrent avec une sorte de gravité, longtemps, jusqu'à en oublier la couleur de leurs yeux.

Ils étaient en âge de savoir où mènerait ce penchant. Ils s'étaient choisis et ils s'aimèrent, dès les jours suivants, autant qu'il était possible de s'aimer.

On ne voyait plus qu'Éric, soit rue de Verneuil, soit rue des Martyrs dans le local où s'enfantait un spectacle, parisien d'abord, provincial ensuite. Et les comédiens lui souhaitaient longue vie à Paris.

Éric avait fait la conquête de ce monde riche d'excès. Sa discrétion les stupéfiait et l'amour qui rayonnait de toute la personne de Liliane leur rendait Éric plus attachant. Il se donnait entièrement à sa passion. Ses affaires marchaient bien, c'est-à-dire qu'il venait de réussir un cambriolage lucratif à Saint-Cloud.

On le voyait moins chez l'Ange Nevada. Il n'entendait donc plus parler d'Abel, et comme les entrevues avec ce dernier s'espaçaient, il avait tendance à oublier qu'un ennemi public habitait dans sa chambre de bonne. L'amour, ça vous inspire un homme. Il ne reste plus qu'une carcasse vide qui vaque à ses occupations et sur laquelle la chaleur et le froid n'ont plus de prise.

Il en oublia également qu'il avait une maîtresse, la dénommée Monique. Ils s'étaient connus chez Nevada. C'était une fille du milieu dont l'époux n'avait pas eu de chance. Il reposait en terre espagnole, lourd de plomb. Il y a de ces voyages qui se terminent sombrement, contre toute attente. Monique était venue voir Nevada pour récupérer le corps, mais le vieux renard lui avait conseillé d'oublier le vivant et le mort. Elle était jeune et belle. Il y avait d'autres vivants, tels que Stark, qui la lorgnait ferme, et qui eut la bonne fortune de lui plaire.

Si Stark avait voulu, il aurait pu vendre sa pince-monseigneur à la ferraille et se laisser vivre. Monique était riche. Elle tirait ses revenus d'un établissement où l'on pouvait se doucher, prendre des bains, et bénéficier de massages et autres soins, de la part d'un personnel spécialisé aux mains très douces et à la bouche gourmande.

Ce n'était pas bon marché, mais le décor était luxueux et les filles en valaient la peine. On y rencontrait des étrangers, la carte de la maison se glissant de main en main, hors frontières. Monique avait de la réflexion et elle pesait les gens au coup d'œil. Quant à l'autorité nécessaire à la direction des filles, elle en avait à revendre. C'était une tempête. De plus, les filles respectaient sa beauté. Ça les changeait de la chair croulante des habituelles matrones qui font du refoulement sexuel.

Monique était grande, blonde, avec des yeux verts légèrement bridés. Elle déplaçait. On se retournait sur son passage, et, entre deux draps, elle connaissait la question. Elle avait, dans l'intimité, cette petite note de gouaille un peu vulgaire, qui la reliait à ses fréquentations de toujours. Ce n'était pas déplaisant pour un type comme Stark.

Ce ne l'était pas, avant qu'il connaisse Liliane. Maintenant, les défauts de Monique se levaient, en rangs serrés, destructeurs. Il ne voyait qu'eux. Il éludait les rendez-vous, et il répondit évasivement à Nevada auquel Monique téléphonait, un peu inquiète. Un accident arrivait si vite dans le milieu. Elle l'aimait et ne se souvenait pas de s'être tourmentée de la sorte pour un autre homme.

Les préoccupations d'Éric étaient différentes. Il n'en avait qu'une ; il trouvait que la chambre de Liliane n'était pas pratique, à cause de cette Mme Weber mielleuse et envahissante qui s'arrangeait trop souvent pour se trouver sur son passage dans l'étroit couloir sombre. Mais Liliane n'avait pas les moyens de déménager et refusait aussi l'aide matérielle que Stark ne cessait de lui proposer pour s'installer ailleurs. Elle ne voulait pas non plus courir les hôtels et les maisons de rendez-vous pour coucher avec lui. Tant et si bien qu'il l'attira dans son appartement personnel et, pour la première fois, il ne songea pas à son indépendance. Au contraire, il nourrissait le secret espoir de la sentir progressivement installée chez lui. Ce qu'elle ne fit pas. Elle demeura sur la réserve alors que l'ambiance commençait à l'entamer.

Le matin, en robe de chambre, elle donnait à manger aux oiseaux, et Stark la regardait longuement, lourd de projets. C'est ainsi qu'Abel les trouva, vers dix heures du matin. Il marqua un léger étonnement en face de Liliane.

— On ne te voit plus, reprocha Éric. Maintenant, nous sommes ensemble...

— Ça me fait plaisir, murmura-t-il en tendant la main à Liliane.

Elle lui sourit gentiment.

— Vous avez une mine superbe !

— Pas si superbe que ça...

Elle le trouvait fatigué, comme le sont les gens qui marchent depuis longtemps. Elle le voyait à travers les articles de journaux. Ça l'intimidait, et elle n'osa pas le questionner sur ses enfants. Elle se disait aussi que les deux hommes désiraient parler et elle remonta dans la chambre, suivie par le regard d'Éric.

— Tu es content ? fit Abel.

— Plus que ça. On y croit pas et puis ça arrive. Et toi ? Tu as dû venir ces derniers temps, mais on allait chez elle, tu comprends.

— Je suis venu, mais ça ne fait rien. Tu as lu les canards ces jours-ci ?

— Un peu, oui.

— Alors, je crois qu'ils m'ont redressé. Ils ont rattaché le truc de l'ambulance avec les histoires d'en bas. C'était le plus dur. Ils doivent savoir qui est Thérèse. Pour Naldi, c'est bâclé depuis longtemps. Ils savent, ils savent. Ça fait pas un pli.

— Pour toi, c'est pareil.

— Non, j'ai les B.S.T.[1] sur le dos en plus. Ça fait du monde. Y a des moments où je me demande si c'est pas un peu trop.

— Évite de sortir pendant quelque temps. Ici, c'est une planque sûre. Pour la fraîche, je peux t'aider.

— Merci, vieux. Mais je préfère sortir. Et c'est jamais une solution de taper les gens. Qu'est-ce qu'elle sait ? demanda-t-il en désignant la chambre.

— Elle se doute. On n'y peut rien. Elle a gambergé, elle a lu les canards et elle a vu ta sulfateuse sous les couvertures. C'est pas une gourde, mais c'est une fille de fer. Elle ne dira jamais un mot. D'abord, ils la trouveront pas. Ensuite, elle ignore où tu perches.

— C'est jamais bon de rester trop longtemps au même endroit. Enfin, passons... J'ai vu Jeannot et j'ai retéléphoné. Impossible de mettre la main sur Marcel le Gitan. Il a dû se barrer en Espagne. Jeannot est bien, il m'a tout proposé. Ce sont les deux autres qui s'écartent, et j'ai pas d'illusions à me faire. T'as rien entendu de spécial ?

— Je vais moins chez l'Ange Nevada. Mais j'ai rien entendu.

— Je suis sur un coup. Je voulais te demander une tire, mais avec la circulation, une moto ou un vélo, c'est mieux pour s'éloigner en vitesse. Après ça, je vais respirer un peu. Et on va régler des comptes pendant que j'ai encore un brin de santé.

---

1. Brigades de surveillance du territoire.

Éric n'avait aucune opinion à émettre là-dessus, car le ton d'Abel exprimait du définitif.

— Et les gosses ?

— J'y vais pas. Je téléphone. La sœur de Chapuis les adore. C'est ce qui leur fallait, après tout ça. Je peux rien faire de plus, et, moins j'irai, mieux ça vaudra. J'ai pas l'intention de m'imposer dans leur vie. Ils ont leur chance, et si cette femme veut continuer, ils s'en tireront et ils m'oublieront...

Les rides se creusaient sur son visage et ses yeux perdus ne fixaient rien.

— Te torture pas. Tu es le meilleur père du monde. Tu as quelque chose là-dedans. (Et Stark lui donna une tape sur la poitrine, du dos de la main.) C'est pas possible que tu t'en tires pas.

— Écoute, vieux. J'ai reculé un boulot que je devais faire hier. Je voulais pas y aller sans te voir. Maintenant on s'est vus. Chaque jour, j'ai envoyé un peu de fric à Chapuis. Les gosses sont gorgés de tout et il a bien deux cents sacs d'avance. Je voulais que tu le saches et si ça n'allait pas tout à l'heure, je voulais savoir si tu pourrais les suivre un peu. Histoire de les pousser jusqu'à ce que le grand soit débrouillé. Tu vois ce que je veux dire ? Et puis voici l'adresse de mon père. (Il sortit un papier de sa poche.) Mais, y a rien qui t'oblige, je t'en voudrai pas si tu refuses. C'est une charge, tu sais, et t'as fait le maximum pour nous. Ce que je cherche, c'est la parole d'un homme qui dit ce qu'il pense. Le reste, j'en ai pas besoin.

Éric allait et venait devant la volière, en fumant une cigarette. Il s'arrêta une seconde, fit un pas vers Abel et tendit la main.

— Donne-moi l'adresse et t'as ma parole pour le tout.

Le papier changea de main et Abel s'intéressa subitement aux dessins du tapis.

— C'est en cas, seulement, murmura-t-il.

Puis il se leva et regarda encore vers la chambre.

— Ne la dérange pas, fit-il. Tu lui diras bien des choses pour moi. (Il esquissa un sourire.) T'as de la chance, et ça me fait bougrement plaisir.

Il se dirigea vers la porte et Stark demeura immobile au centre de la pièce, n'éprouvant ni l'envie de parler, ni celle de remuer.

Abel referma la porte du palier et monta dans sa chambre. D'après ses récentes observations, l'heure la plus propice se situait au milieu de l'après-midi. Il déplanqua la mitraillette et la posa sur le lit. Il lui avait adapté une courroie, dans l'espoir de suspendre l'arme sur son épaule, contre son flanc.

Il enfilerait un cache-poussière très léger, puisque la veste était trop courte pour dissimuler entièrement le canon. Il essaya le dispositif et tenta un déplacement rapide entre la porte et la fenêtre. La mitraillette était lourde et battait contre son corps. Il faudrait sans cesse la maintenir en plaquant le bras raidi. Ce qui ne favorisait pas la course et, de plus, se remarquait.

Il s'imaginait que tout le monde trouverait son allure bizarre. Il quitta le harnachement et s'allongea sur le lit pour réfléchir en fumant.

Pour l'agression proprement dite, cet engin s'avérait superflu. Il ne s'en chargeait que pour la suite.

Il était seul, et un automatique lui semblait mièvre,

opposé à l'hostilité générale, à l'heure où il faut se frayer un chemin, et allumer les flics à distance.

Il laissa flotter son imagination et décida d'attendre l'heure dans sa chambre. Une contraction de tout son être l'empêchait de manger. Il se souvenait d'une autre époque où il ne ressentait aucune émotion ni avant, ni pendant, ni après une expédition. Mais, aujourd'hui, il avait trop à perdre. Ça devait venir de là. Il était dans la posture du joueur qui pousse sa dernière grosse plaque, préférant la risquer d'un bloc pour tenter de se refaire plutôt que de la changer contre quelques petites plaques et de se voir grignoter par secousses. Et, à ce moment, le joueur n'a ni soif, ni faim. Il n'est plus mû que par un unique désir : voir son attente s'achever.

À quatorze heures trente, Abel s'équipa. Il emportait la mitraillette et un 7,65 canon long, avec deux chargeurs de rechange. Il marcha jusqu'à la place de l'Étoile par l'avenue Carnot. L'air était moite. Le soleil de ce début juillet chauffait le goudron des chaussées, et le sol dégageait une chaleur soutenue, qui arrivait par bouffées. Abel marchait doucement pour ne pas transpirer. Les hommes étaient en veston d'été, les femmes tendaient leurs formes sous des robes légères. Seul, Abel portait un cache-poussière.

À l'Étoile, il prit un bus jusqu'à la Concorde, et demeura debout. Il se rendait chez A. Gibelin qui achetait des bijoux volés au quart de leur valeur, et ceci depuis de nombreuses années. Quand on se trimbale avec une mitraillette, les transports en commun sont peu indiqués. Mais il était brouillé avec les taxis.

Il lui semblait même que les chauffeurs de taxis à l'arrêt le dévisageaient sans qu'il s'adresse à eux.

Les plaintes s'étaient centralisées et son signalement avait fini par dominer. Surtout sa façon d'opérer. Et il ne pouvait guère la varier. Finalement, il s'était vu refuser l'accès d'une voiture, par un chauffeur qui l'avait regardé d'un air étrange avant de lui répondre. Dommage. Le job faisait boule de neige. C'était rapide et les risques diminuaient au fur et à mesure que les gestes s'incrustaient dans une habitude. Pour convaincre Gibelin, il faudrait changer de disque.

Bientôt, il frappa à sa porte, le cœur un peu dilaté. Une jeune fille ouvrit. Elle était brune, coiffée en forme de casque et ses yeux brillaient d'une vie intense.

— M. Arthur Gibelin, s'il vous plaît, dit-il.

— Je crois qu'il est là, fit-elle, mais c'est pas sûr. J'annonce qui ?

Son timbre était haut. Elle le dévisageait sans vergogne, avec insolence presque. Dans ce milieu calme, aux meubles de style, à l'éclairage atténué, on ne s'attendait pas à tomber sur un tel personnage. Elle installait une impression d'aigu, comme si elle déchirait l'ambiance du coude et de la voix.

— Dites-lui que c'est la personne qu'il attend.

— On va toujours essayer ça, répliqua-t-elle en disparaissant avec un air de se foutre de la gueule des gens, si parfait, qu'on ne lui en prêtait pas d'autre.

Abel l'envoya à mille diables, par la pensée, et se demanda ce qu'allait devenir ce morpion dans quelques instants. Elle pointa son museau de rat et ouvrit une porte, plus avant dans le petit hall.

— Vous avez droit au spécial. C'est pas tout le monde qui attend là...

Il ne lui adressa même pas un regard et pénétra dans une pièce qui lui rappela des temps meilleurs. Arthur n'avait rien modifié du processus. En dehors de la présence de cette garce et des cheveux blancs, on s'y retrouvait. Abel se rappela que le vieux brigand épiait les gens qui attendaient dans ce salon, à travers un judas dissimulé au sein des moulures décoratives. Il colla son front contre la vitre de la fenêtre et patienta, n'offrant que son dos pour tout potage.

Arthur toussota enfin derrière lui, et Abel se retourna.

— Salut, Gigi ! dit-il d'une voix unie.

— Eh bien ! Eh bien ! Abel en personne. Tu es bien le dernier que j'attendais...

Ils se serrèrent la main et Gibelin guida Abel par l'épaule, dans la pièce voisine. Le battant se referma sans bruit. Le bureau de Gibelin faisait songer à un sanctuaire. Il indiqua un siège et se laissa tomber dans son fauteuil à pivot. Sous le bureau, il y avait une manette et une sonnette. Abel les connaissait ; il y avait beaucoup songé les derniers jours.

— Tu devrais te débarrasser, proposa Gibelin.

— Ça va, remercia-t-il.

Il avait rabattu les pans de la gabardine sur ses jambes. Ses genoux touchaient au bois du bureau, sur le côté.

— On te croyait mort, attaqua Gigi en vrillant ses yeux en boutons de guêtre sur la peau de ce grand type qu'il considérait comme extrêmement dangereux, mais aussi très régulier.

Pour Gigi, la régularité commençait par une question qu'il se posait à lui-même : « Tel truand est-il capable d'agresser un fourgue ? » Et il ne recevait que les gens pour lesquels la réponse était « non ».

Abel était de ceux-là. Gigi n'avait pas eu à se plaindre de son flair. Il était cousu d'or et il vivait. Son flair lui avait épargné les rencontres avec les balles de Colt.

— Mort ? sourit Abel. Quelle drôle d'idée !

— À force d'en entendre des uns et des autres, on se laisse influencer. Le principal, c'est de respirer et de ne pas oublier ce vieux Gigi !

Plus il regardait Abel, plus il acquérait la certitude que l'homme était traqué. Jadis, Abel lui avait amené de belles affaires, mais il exigeait davantage que les autres. Une fois il était reparti avec sa came, plutôt que d'accepter le tarif de Gigi et le fourgue l'avait rappelé dans les escaliers.

Aujourd'hui, Gigi avait l'avantage. Ses lèvres minces s'allongèrent dans un sourire lorsque Abel sortit un petit sac de cuir de sa poche.

— Ce sera impossible que je revienne, je me taille dans une heure. T'as du disponible ?

— Ça dépend de ce que tu appelles du disponible.

— Deux briques.

Gigi leva les yeux au plafond comme pour s'en inspirer.

— Je les ai à peine. Tu sais, les temps sont durs, et, pour deux briques, il en faut. Les acheteurs ne courent pas les rues. Avant, ils te suppliaient pour acheter, aujourd'hui c'est moi qui supplie.

Abel se leva. Il tenait toujours le sac.

— Deux briques minimum. Si tu les as pas dans le bureau, c'est même pas la peine de déballer la came. Je peux pas revenir. (Il soupesa le sac.) Ça en vaut dix...

— J'ai la somme, assura Gigi. Mais c'est pas certain que tes bouchons vaillent ça. Voilà ce que je voulais dire.

Abel se rapprocha du bureau et y déposa le petit sac. Gigi allongea une main courte et l'extrémité carrée de ses doigts se referma sur la bourse. Il l'ouvrit, l'inclina. Un petit paquet glissa sur le sous-main. Il déplia le papier de soie, et une douzaine de pierres apparurent.

Il s'empara d'une loupe et pencha sa calvitie sur les brillants. Il la releva aussitôt.

— C'est du toc, ça ne vaut même pas cent billets, et je parle pour les acheter chez un bijoutier qui vend de l'imitation.

Abel le savait, il les avait achetés chez Burma.

— C'est pas possible, murmura-t-il, en se penchant sur le bureau.

— Vois toi-même. Tu en as assez tripoté pour comprendre ça.

Les deux bras de Gigi reposaient sur le bureau. Abel, le buste incliné, s'appuyait sur ses mains ouvertes, les bras écartés. Il rabattit brusquement ses mains sur le corps de Gigi, l'empoignant par les revers du veston et, dans un redoutable effort, il le souleva de son fauteuil et le tira à lui.

Gigi s'accrocha au rebord du bureau. C'est tout ce qu'il pouvait faire. Ses pieds pendaient dans le vide et les manettes actionnées au pied lui rendaient les mêmes services qu'un frigidaire à un Esquimau. Abel s'arc-bouta, les genoux contre le bureau et, d'une seule main, empêcha Gigi de redescendre vers le signal d'alarme. De l'autre, il tira son flingue et Gigi sentit le froid du canon sur sa gorge.

— Lâche le bureau, souffla Abel.

L'ensemble n'avait duré que trois ou quatre secondes. Gigi se retrouvait tout chiffonné de l'autre côté du bureau. Abel l'obligea à se retourner et lui appliqua le canon dans les reins. De plus, il le tenait très contre lui, par le col de sa veste. La maison de ce coco était truffée de pièges et, pour sauver son fric, il était capable d'héroïsme.

— La môme qui m'a ouvert tout à l'heure, qui est-ce ?

— C'est ma fille, balbutia-t-il.

— T'avais une fille, toi ?

— C'est à ma femme. Je me suis remarié.

— T'as pas eu de chance avec la fille, et tu lui conseilleras de pas trop s'énerver quand je m'en irai. Maintenant, je vais passer à la caisse. Où c'est ?

— J'ai rien là. Tu sais bien qu'un fourgue n'a jamais rien sur place. J'ai bluffé tout à l'heure. Je t'assure que j'ai bluffé. Crois-moi, j'ai bluffé.

Abel fit entendre un rire léger, étouffé.

— Enlève ton chrono, ordonna-t-il.

Gigi s'exécuta, et la masse jaune au cadran noir quitta son poignet.

— Tiens-le pour qu'on puisse le regarder tous les deux..., oui, comme ça. Tu vas mettre la trotteuse en marche. Après, t'auras deux tours pour réfléchir. Moi, je te blufferai pas. Je suis pas venu pour rigoler et si tu veux mourir, ça te regarde.

Gigi toussota et la situation d'Abel lui donna un espoir.

— Ça va faire du bruit, insinua-t-il.

— Oui, et y aura les gens dans la rue et tout le cirque, et la concierge, hein ! J'y ai pensé. (Il s'écarta légèrement de son client et ouvrit sa gabardine.) Tiens, regarde ce que j'ai porté pour eux.

Gigi aperçut l'arme lourde qui se détachait en sombre sur le fond clair du costume d'Abel.

— On a plus rien à se dire, fit ce dernier. Vas-y, déclenche le chrono...

La grande aiguille commença la ronde en tressautant. Le silence était absolu. Les deux hommes retenaient leur respiration pour des raisons différentes. Deux secondes après la première minute, les lèvres de Gigi laissèrent passer un filet de voix.

— Tu vas pas faire ça...

Abel remarqua une fois de plus que cette phrase revenait toujours dans la bouche de ceux qui voyaient la mort s'approcher d'une certaine façon. Il ne répondit pas. Ça enlevait de la force, de parler dans les dernières secondes. Il n'en restait plus que trente. Le canon remonta le long de l'échine de Gigi et s'appliqua derrière son oreille droite.

Il ne restait plus que quinze secondes.

— Si tu connais une prière, t'as juste le temps, dit Abel.

Cinq secondes avant la fin, il inclina un peu son arme pour que la balle traverse le cerveau.

— Dans le bureau, le tiroir du bas à droite, lâcha Gigi d'une voix étranglée.

Son corps s'était couvert de sueur par réaction.

Abel le poussa vers le meuble et lui ordonna d'ouvrir. Le tiroir comportait un fond truqué. Il fit jouer le dispositif qui découvrit une liasse de billets de banque et un revolver. Abel posa la main dessus. Gigi n'avait rien tenté pour s'en emparer. Il n'aurait pu s'en servir avant d'être atteint par les balles de Davos. Abel empocha le flingue et jeta les billets sur le bureau. Il les compta en les éparpillant, ce qui lui donna un nombre d'environ huit cent mille.

— Ça suffit pas, dit-il.

— Cette fois, c'est vrai. J'avais rien de plus comme liquide. C'est toi qui as parlé de deux millions. J'ai dit oui, comme ça, pour voir ce que tu avais, mais je les avais pas. Sauf sur rendez-vous, je les ai jamais.

Abel ramassa l'argent. Il manquait de temps et il ne pouvait s'attarder davantage. L'époque où il quittait les lieux d'une agression en grand seigneur lui semblait revenue. Il n'avait besoin que de cinq minutes d'avance.

— On va s'asseoir. Tu vas appeler ta fille et tu vas l'envoyer faire une course.

Abel ouvrit la porte et Gigi appela. Elle rôdait dans le couloir et elle se présenta sans délai.

— Fillette, tu devrais aller jusque chez ta tante pour lui dire que c'est d'accord.

— D'accord de quoi ?

— Elle le sait, assura Gigi.

La fouine pirouetta sur ses jambes et se disposa à disparaître. Le Gigi, c'était quelqu'un.

— Un moment, ordonna Abel.

Elle se retourna et l'insolence perlait de toute sa personne.

— On me cause ?
— Fermez la porte.
— Si je veux.

Abel se leva, un œil sur Gigi assis au centre de la pièce. Il tira la fille d'un bras et lui administra une gifle qui la jeta sur le sol. Après quoi, il ferma posément la porte.

La fille se redressa, les deux mains pressées contre son visage brûlant, et ses yeux allaient de son père à cet inconnu.

— Ça ira comme ça ? demanda-t-il. (Elle fit oui avec la tête.) Ça lui manquait, dit-il à Gigi. Tu pourrais en tirer quelque chose de cette manière. Levez-vous et toi, conduis-nous dans ta chambre.

Il remit son arme au poing et poussa la fille devant lui.

Dans la chambre, il avisa une penderie apparente qui épousait le style de la pièce.

— Décroche les fringues et jette-les par terre ou sur le lit, dit-il à la fille.

Elle obéit servilement et la place fut vite dégagée.

— Entrez là-dedans, fit-il.

Avant de fermer la porte, il demanda s'il n'y avait personne en dehors d'eux.

— Juste une femme dans la cuisine qui lave le linge, dit la fille.

— Bon, alors adieu, Gigi, et tu ferais mieux d'inscrire ça dans les profits et pertes. On t'a assez engraissé, et t'as pas intérêt à me revoir.

Il poussa le battant et donna un tour de clé. Il sortit sans rencontrer personne. Gigi devait commencer à tambouriner contre la porte. On le délivrerait à peu près à l'instant où il se perdrait dans la foule du métro. Il pensait que Gigi ne porterait pas plainte, mais il se plaindrait à ses clients et toute la pègre saurait que Davos s'en prenait aux fourgues. Ce dont il se foutait royalement. Il avait hâte de regagner sa chambre pour se mettre à l'aise. Il ne regrettait pas d'avoir laissé vivre Arthur Gibelin. D'abord, la gosse l'avait dévisagé avec trop d'insistance, et son signalement eût été divulgué, même en tuant le fourgue. Ensuite, il avait la certitude que la police le recherchait sur Paris. À l'heure actuelle, que Gibelin le donne en coulisse ou non, c'était le même tabac.

Il s'arrêta devant la porte de Stark, griffonna un mot sur un carnet, déchira la page et la glissa sous la porte. Il tenait à le rassurer. Puis il rejoignit sa chambre et, en soufflant un peu, se débarrassa de son fourbi. Les manches de sa chemise retroussées, il compta son fric. Il possédait de quoi voir venir, et libérer son esprit de l'angoisse du lendemain. « À ce train-là, pensa-t-il en palpant les billets, ça ira vite. »

Il avait conscience de ne pas avoir opéré Gibelin comme il aurait fallu. Mais un type seul a d'étroites possibilités. Ce qu'il tenait, il le tenait bien. Il ne progresserait que par petites étapes, les grosses expéditions lui étant interdites par les circonstances.

Quant aux petites étapes, il ne savait trop où il allait les dénicher. Celles des chauffeurs de taxi étaient barrées. Il rangea les billets. L'argent lui donnait confiance. Il s'éloigna du lit et le considéra longuement, à la recherche d'une cachette à la fois simple et efficace. Il se méfiait des voleurs.

CHAPITRE IX

Le mécano examinait des fils, sous le capot de la Simca sport. L'atelier se trouvait au dernier étage du garage.

— Et alors ? questionna Stark.

— C'est mal foutu, marmonna-t-il.

Avant l'addition, c'était toujours ça.

— J'en ai besoin sans arrêt.

— On vous en prêtera une. Mais la vôtre, faudra pas y compter avant ce soir.

Il pensa qu'il pourrait rester chez lui, avec Liliane.

— Faites pour le mieux, dit-il en sortant.

Il décida d'acheter de quoi manger. Il était onze heures du matin. Il avait couché avec Liliane, chez lui. Elle l'y attendait.

Il aurait voulu qu'elle s'installe définitivement. Elle refusait. Elle lui disait souvent d'un air triste :

— Tu devrais te décider à faire autre chose.

Ou bien :

— C'est dommage que tu mènes cette vie.

Il ne lui répondait pas et elle ne paraissait pas attendre une réponse. Il avait choisi de vivre dangereusement et les cambriolages lui rendaient l'existence agréable.

Néanmoins, il tenait tellement à Liliane qu'il envisageait de prendre une affaire, de se coller des soucis sur le dos pour étaler une position sociale aux yeux du monde.

— Et si on achetait une affaire, ça te plairait ? lui avait-il demandé, certain jour.

— Tu serais sûr de coucher dans ton lit le soir.

Quand il se souvenait de ce genre de réponse, ça l'exaspérait. Elle allait partir en tournée fin juillet, pour août et septembre. Il en profiterait pour aller traîner ses guêtres à Deauville. Le coin regorgeait de flics, mais il lui manquait une forte somme pour s'établir.

Ils avaient revu Abel, et obtenu, pour Liliane, l'autorisation d'aller voir les gosses chez Chapuis. Les enfants préféraient Liliane à Jacqueline. Elle leur apportait sa fantaisie, sa jeunesse. Ils l'appelaient tante Lili, et Stark ne savait plus quoi faire pour eux, tellement cela la rendait heureuse.

Ce matin-là, elle attendait donc le retour de son amant. Elle était seule dans l'appartement. On sonna deux coups brefs.

Abel sonnait de cette façon. Ce n'était pas lui, mais une grande fille blonde richement vêtue, bien qu'un peu tapageuse. Elle avait les yeux bridés et sa voix résonnait, claire.

— Je me trompe, fit-elle, se reculant d'un pas pour mieux juger de la porte.

— Qui demandez-vous ? demanda gentiment Liliane.

— M. Éric Stark.

— C'est bien ici. Il n'est pas là, mais je vous en prie, entrez, il ne va pas tarder.

Il y avait de nombreux jours que Monique hésitait à venir. Maintenant qu'elle était fixée, une rage sourde l'empoignait. Le chagrin, aussi.

— Asseyez-vous, madame, invita Liliane.

— Tiens, il a toujours ses oiseaux !

Monique balançait un sac tout en longueur, à bout de bras. Elle avait envie de casser quelque chose. Elle toisa Liliane.

— J'arrive mal, n'est-ce pas ?

— Je ne vous comprends pas, murmura Liliane.

— Vous me prenez pour une gourde ou quoi ? Vous êtes là, en train de vous tortiller en robe de chambre, et qu'est-ce que je devrais faire ? Vous sauter au cou, vous souhaiter beaucoup de bonheur et un tas d'enfants ! Ce que vous avez dû vous marrer en parlant de moi. Et vous faites les morts ! Et moi qui prenais ce type pour un homme. Ça fait trois ans que je le prends pour un homme, et il a même pas le courage de s'expliquer avec une gonzesse. Ah ! là, là !

— Je peux parler ? demanda Liliane d'une voix calme.

— Parlez tant que vous voudrez, ma petite, et surtout ne croyez pas que je viens à la relance. Des bonshommes, j'en ai à la pelle, vous entendez. Ils me suivent comme des caniches, et le plus toc vaut cent fois le raté qui habite ici.

— Je n'en doute pas et ça me ferait plaisir que vous le lui disiez. Voyez-vous, j'ignorais votre existence et je ne vous demande même pas de me croire.

Je vais commencer par m'en aller, gentiment, sans faire d'histoires. Et vous pourrez lui dire que ce n'est pas par orgueil, ni pour qu'il me coure après. Dites-lui bien ça et vous verrez qu'il vous croira.

Elle monta dans la chambre, s'habilla en un clin d'œil et redescendit. Il lui semblait que la fille n'avait pas bougé d'un millimètre. Monique regardait cette jolie femme, et elle n'en croyait pas ses yeux. Il s'en dégageait une force, une modération surprenantes.

— Bonne chance, madame, dit Liliane. Il est plus à vous qu'à moi et je suis certaine que vous avez du chagrin.

— Du chagrin ! non, mais vous rigolez !...

— Je n'ai pas envie de rigoler. Tout ce que je sais, c'est qu'une femme comme vous ne se déplace pas si elle n'a pas de la peine.

Monique était certaine que cette rivale n'appartenait pas à la pègre. Elle se demandait où ce bandit d'Éric avait pu la lever. Déjà Liliane ouvrait la porte. Pour rien au monde, elle ne voulait rencontrer Stark.

— Hé ! attendez un peu, lança Monique.

Mais elle referma la porte sans se retourner. Les marches lui apparurent dans un léger brouillard et les larmes débordèrent de ses paupières lourdes. « C'est trop bête de pleurer pour ça, c'est trop bête », se disait-elle en descendant. Et plus elle essayait de s'en persuader, plus le chagrin la possédait, jusqu'à en faire un être totalement isolé, seul au monde.

Et ça ne donne pas le goût de vivre, lorsque l'on marche dans la rue avec le trottoir qui tangue devant soi et les passants qui vous bousculent en vous insultant, parce qu'on marche tout droit, sans rien voir.

Éric aurait pu la rencontrer. Il revenait chez lui par l'avenue des Ternes. Mais ils ne marchaient pas sur le même trottoir. Il portait des paquets et se réjouissait à l'idée de déjeuner chez lui, avec Liliane.

Il dédaigna l'ascenseur et grimpa les marches deux par deux. Il tira ses clés en traversant le palier, et fit jouer la serrure sans perdre une seconde.

— Hello ! c'est le père Noël ! claironna-t-il.

Il n'entendit rien. Il pensa qu'elle se trouvait dans la salle de bains et que l'eau coulait. Il déposa ses paquets dans la cuisine et revint sur ses pas pour monter dans la chambre.

Monique était sortie du living-room et se tenait contre la première marche du petit escalier intérieur.

— Qu'est-ce que ça veut dire ? fit-il.

— Ça veut dire qu'elle est partie, et que, pour lui remettre la main dessus, ça va te prendre un moment.

— Qu'est-ce que tu es venue foutre ici ?

Ses lèvres remuaient à peine et il s'avança sur elle.

— J'ai droit à des explications, non ? Je t'ai attendu, j'ai téléphoné partout, j'ai cru qu'il t'était arrivé une salade et je suis tombée sur cette greluche.

Elle n'eut pas le temps de parer les gifles de Stark. Il n'avait pas levé le bras pour prendre un élan ; néanmoins, la sécheresse de la frappe s'imprima dans la chair de Monique. Ce n'était pas dans ses principes de taper sur une femme, mais il ne se contrôlait plus.

— C'est pas une greluche, ni une gonzesse, ni une souris, tu entends ! C'est une femme. Et tu vas vider ton sac. Tu l'as vue, qu'est-ce qu'elle t'a dit ? Qu'est-ce qu'elle t'a dit, nom de Dieu ?

Sa main se referma sur son poignet et il la tira dans le salon.

— Lâche-moi, cria-t-elle. Si tu me tapes dessus, tu sauras rien.

Il imprima une poussée et elle tomba à la renverse sur un canapé. On voyait ses longues jambes nerveuses aux attaches fines. Elle se redressa et affronta son regard.

— C'est du propre ! Tu me doubles et tu me flanques des coups par-dessus le marché. Non, mais sans blague, tu me prendrais pas pour une de ces poufiasses qui fréquentent chez Nevada, par hasard ?

— On s'est connus là-bas, et si tu veux encore avoir une chance de plaire à un gigolo, tu vas te magner de m'expliquer ce que tu as raconté à cette petite.

— Cette petite, comme tu dis, elle a pas fini de t'en faire baver.

— Elle était chez moi, t'entends ! C-h-e-z m-o-i ! (Il rugissait.) Et si tu ne me cavalais pas après, elle serait toujours là. Je t'ai invitée ? Non ! Je t'ai promis quelque chose depuis qu'on est ensemble ? Non ! J'ai même pas voulu arrêter mon job, pour rester libre. Je veux personne sur mon dos. T'as compris ! Personne !

Elle ne l'avait jamais vu dans un état pareil et sa propre colère s'évanouit. Elle se sentit fatiguée ; infiniment triste et fatiguée. Elle se laissa tomber dans un fauteuil et cacha son visage entre ses mains.

— Je t'en prie, Éric, cesse de hurler. Tu ne penses qu'à elle et qu'à toi, et tu te jettes sur moi, comme si j'y étais pour quelque chose. (Elle releva la tête.)

Personne n'aurait pu retenir cette femme, crois-le bien. Elle a toute sa tête et tu n'en feras pas ce que tu voudras comme cette gourde de Monique. Tu peux courir après. Je ne suis pas venue pour me rouler à tes pieds, tu me connais assez. Mais tu aurais dû venir, Éric. Qu'au moins je le sache de ta bouche. Voilà...

Elle avait ramassé son sac qui gisait sur le tapis et se préparait à partir, sans pouvoir s'y décider. Éric la regardait en supputant les chances qu'il avait de retrouver Liliane. Au cours des trois dernières années, Monique s'était parfaitement conduite. Ils avaient été heureux ou du moins l'avaient cru, ce qui revenait au même. Il regrettait d'avoir frappé cette femme et leurs yeux se croisèrent.

— Éric, murmura-t-elle.
— Oui ?...
— Tout ça est si rapide, j'essaierai de m'y faire.

Il remua le bras, dans un geste vague et ils supportèrent le silence.

— Elle est de chez nous ? demanda-t-elle enfin.
— Non. Et elle a bien raison. Qu'est-ce que je fous dans ce merdier ! Il y a longtemps que j'aurais dû laisser tomber et elle ne serait pas partie. Non, elle ne serait pas partie.

Monique mesura l'étendue de son désastre. Elle avait déjà vu le cas en sens inverse. Lorsqu'une fille rencontre un gars bien et renie la pègre.

— Tu en fais une bobine ! lança-t-elle dans un rire de gorge. Pour mon compte, tu seras vite remplacé... J'ai une tribu à mes trousses.

Ses yeux se posaient sur les objets qu'elle ne verrait

plus. Stark s'y connaissait un peu et ne se trompa nullement sur les pensées véritables de Monique.

— Bonne chance, mon petit, murmura-t-il.

Si ce n'était pas un adieu, cela marquait néanmoins la fin de la réunion. Elle quitta l'appartement d'une démarche assurée, comme une personne allant vers un but précis.

Resté seul, il se mit à réfléchir en faisant les cent pas. Il eut un mouvement pour monter discuter avec Abel et se ravisa. Il n'allait pas l'importuner avec des histoires de femmes. L'action la plus efficace consistait à se rendre rue de Verneuil. Il n'espérait pas y rencontrer Liliane. Elle fuirait autant qu'elle le pourrait. Il pensait que la grosse Juive lui donnerait un renseignement valable. Elle avait un faible pour lui. Mais il l'avait dédaignée et elle le reçut comme une araignée dans le potage. Il eut l'impression qu'elle savait déjà. Liliane avait certainement téléphoné. Il abandonna le siège de ce tas de saindoux et passa l'après-midi à la rue des Martyrs.

Il se planqua, comme un flic qui surveille les allées et venues d'un immeuble. La troupe avait terminé ses répétitions, mais le local servait de point de rencontres. Il attendit vainement. Tout l'univers se résumait à la rue de Verneuil et à la rue des Martyrs. Il ne connaissait aucune autre aspérité où s'accrocher.

Ses stations se prolongèrent alternativement dans chacune de ces rues. Il savait qu'elle partait en tournée pour août et septembre. Rien de plus. Il aurait dû s'intéresser davantage à son travail, à ce métier qu'elle aimait tant. Aujourd'hui, il avait les mains vides. Il releva les adresses des imprésarios et des agences théâtrales, pour dépister la tournée où se trouvait Liliane.

Il usa la peau de son index droit sur le cadran de son téléphone. Il gueula. Il se confondit en politesses. Et il ne trouva pas Liliane. En dernier ressort, il tourna comme un fauve dans le quartier rive gauche, sixième et septième arrondissements. Il demeurait des heures à la terrasse des Deux Magots, boulevard Saint-Germain, les yeux rivés sur le flot des passants.

Liliane aimait ce coin. À deux ou trois reprises, le cœur de Stark pirouetta dans sa poitrine. Ce n'était pas la vraie Liliane. Et, progressivement, ses recherches diminuèrent d'intensité.

Il avait revu Abel qui éclatait d'une nouvelle jeunesse. Il n'avait pas osé lui confier son chagrin. Il ressentait une sorte de honte d'en éprouver à ce point. Il répondit que Liliane allait bien et comme Abel parlait des gosses, il eut l'idée de téléphoner à Chapuis. Le départ de Liliane remontait à quinze jours. Et Chapuis l'avait vue à Arcueil, une semaine auparavant. Les gosses d'Abel tenaient une grande place dans le cœur de la jeune femme. Stark se précipita chez la sœur de Chapuis et lui exposa la situation. Il lui en coûtait. Mais la seule chance d'intéresser une personne à sa cause consistait à cesser de jouer les ténébreux.

— Je ne peux pas faire ça, dit Jacqueline, à la fin du récit de Stark.

— Mais puisque je vous dis qu'elle fait son malheur ! Elle me fuit parce qu'elle a peur d'elle-même. C'est pas possible de continuer chacun de son côté.

— Pour vous, peut-être, mais pas pour elle. Écoutez, je vais lui parler. Lui dire que vous êtes venu et elle jugera. Ça ne serait pas bien de vous téléphoner en douce pour que vous rappliquiez.

— Elle croira que c'est un hasard.

— Possible, mais moi, je saurai que non, et ça me suffit. Je regrette de vous refuser.

— Vous êtes bonne, railla-t-il. Vous regrettez, mais vous refusez.

— Ne vous énervez pas. Quand vous aurez mon âge, vous comprendrez certaines choses. Laissez la vie arranger tout ça...

— Vous me faites marrer avec vos formules ! Tous les esclaves parlent comme ça.

Et il partit en claquant la porte.

Il avait épuisé les recherches méthodiques. Il ne restait que le hasard. Toutes les avenues, toutes les rues, les places, les impasses, les squares devenaient des lieux de rencontre éventuelle. Il reprit les vieilles habitudes et renoua le contact avec les clients du bar de l'Ange Nevada, et avec le vieux truand lui-même qui l'estimait beaucoup.

Mais ce n'était plus comme avant. Il se demandait quel démon l'avait poussé à s'arrêter auprès du camion. Les routiers auraient possédé cette femme et elle n'en serait pas morte. Qui sait ? Cela aurait peut-être fini par lui plaire ?

Il entreprit de baratiner les filles de toutes sortes qui traînaient dans les rades, histoire de se changer les idées. Ce qui ne l'avança pas à grand-chose ; après l'amour, il ne pouvait plus les supporter. Et plus elles se montraient gentilles, plus elles le dégoûtaient.

Il vivait sur le produit du dernier cambriolage et il

n'entreprenait rien. Il traînassait, d'une humeur massacrante. Monique était venue à l'heure de l'apéritif. Elle avait des antennes, ou alors une âme charitable lui avait téléphoné que Stark buvait de la solitude jusqu'à plus soif. Il fit semblant de ne pas la voir et se promit de tirer la chose au clair. Il ne s'occupait pas des affaires des autres, ce n'était pas pour qu'on fourre le nez dans les siennes.

Le soleil boudait le monde. Il pleuvait chaque jour, on signalait des tempêtes sur les régions côtières. La température se rafraîchissait. Les gens mettaient ça sur le compte des bombes atomiques et ils auraient écartelé les savants qui bricolaient sur la question, s'ils avaient su où les trouver.

Les nerfs de Stark étaient tendus comme le budget national, ce qui ne l'empêcha pas de se sentir suivi. Un soir, il se coucha avec cette sensation. Un rien. Un petit film, des visages, et on voit une silhouette, une présence, qui se répète.

Le lendemain, vers une heure de l'après-midi, il sortit paisiblement de chez l'Ange et dédaigna la voiture. Il s'achemina en direction du parc Monceau et sortit sa glace en longeant les grilles.

Il traînait un type depuis un bon kilomètre. Le suiveur marchait tantôt sur le même trottoir, tantôt sur celui d'en face. On sentait un habitué des filatures, mais Stark avait l'impression qu'il ne s'agissait pas d'un membre de la police. Le procédé lui paraissait mièvre. Le type aussi. Il emprunta la rue de Courcelles et s'engouffra sous un porche. La porte était ouverte en permanence à cause des entrées et sorties de voitures assez fréquentes.

Stark connaissait l'endroit pour s'y être dissimulé pendant une heure, dans une certaine circonstance. On tirait à soi un des battants de la lourde porte et cela formait un angle avec le mur. Même les gens qui sortaient ne voyaient rien. Il ne rabattit pas complètement, pour abandonner plus rapidement la cachette.

Quelques secondes plus tard, un homme s'engagea sous le porche, un peu hésitant. Stark le voyait de dos et il le reconnut. Il avait des cheveux noirs, plaqués, très brillants. Stark franchit les deux mètres qui les séparaient, se colla contre lui et fouilla ses côtes du canon de son flingue.

— Laisse tes mains dehors et recule, souffla-t-il.

Il l'entraîna entre la grosse porte et le mur, lui fit face et le serra à la gorge. L'homme sentait une arme sur son ventre et une poigne de fer qui lui coupait la respiration.

— Qui t'envoie ? dit Stark en serrant davantage.

L'endroit était mal choisi pour une longue conversation. Le type laissa échapper un son rauque. Stark savait qu'il ne pouvait pas parler et relâcha un peu son étreinte.

— Tu jactes ou tu crèves, fit-il.

Stark sentait la pomme d'Adam monter et descendre, dans une recherche de salive.

— Je ne suis qu'un employé, murmura l'homme.
— De qui ?
— L'agence Saint-Lazare.
— Qu'est-ce que c'est que ça ?
— C'est la police privée. Moi, on me charge des filatures.
— Je vois. Et tu me files pour quoi ?

Le type toussota. Ça s'encombrait dans sa gorge. Stark appuya davantage sur la crosse de son arme.

— C'est pour une femme. Enfin, son mari qui veut savoir des choses.

— Depuis quand ?

— Ça va faire trois jours et on est deux. On se remplace.

— C'est gentil, ça. Et le mari, tu le connais ?

— Non, on nous a rien dit. On en trouve qui ne veulent pas qu'on le sache.

— T'as même pas vu son blase sur une fiche ?

— Non, on sait qu'il ne regarde pas pour les frais. C'est tout.

— T'es armé ?

— Non.

Stark le palpa rapidement.

— Tu sais pas, on va aller voir ton singe tous les deux. D'abord, on va passer chez moi. Tu sais où j'habite ?

— Oui.

— Où ça ?

— Passage d'Oisy.

— Parfait. Des clients comme moi, t'as pas dû en rencontrer souvent ! Et puis t'es mal tombé, j'ai les nerfs malades. On va marcher comme deux amis. Si tu bronches d'une miette, je te flingue sur place. Allez, on y va...

Stark passait en revue ses dernières conquêtes. Dans le lot, il y en avait une de mariée avec un jaloux. Le genre cocu à emmerdements. Mais si la flicaille privée, œil de Lynx et Compagnie, croyait qu'elle allait disposer de lui, inscrire les détails de sa vie sur une fiche et lui coller une arapède aux talons, elle se trompait.

L'homme marchait docilement à son côté. Il avait eu très peur et se demandait encore où le mènerait cette histoire. C'était un besogneux du genre. Il avait travaillé un peu partout ; dans les assurances, la représentation, changeant de maison chaque trimestre. L'emploi à l'agence Saint-Lazare était ce qu'il avait trouvé de meilleur. Il voulait le conserver et ça n'en prenait pas le chemin.

Il était tombé sur un truand, comme on en voit au cinéma. Il avait bien fait de lui obéir, sinon il serait mort. Voilà ce qu'il se disait. Mais, en dehors du fait que ce genre d'hommes vous vident un chargeur dans les tripes comme ils respirent, on rencontre chez eux une certaine générosité. Il avait tellement tiré de sonnettes dans son existence, qu'une tentative ne lui coûtait pas.

— Qu'est-ce qu'il va me passer, le patron, dit-il.
— C'est pas de ta faute.
— Avec lui, c'est toujours une faute. Jamais la sienne. C'est lui qui paie.
— Je lui parlerai. T'inquiète pas, et tu verras qu'il la bouclera.

Ils avaient traversé la place des Ternes et s'engageaient dans l'avenue.

— Il va me foutre à la porte, c'est sûr.
— Mais non, mais non. Pour faire des rapports sur des cocus ou sur des pucelles qui font la bringue, t'es aussi fort que n'importe qui. Moi, je veux pas qu'on me suive, c'est différent. T'es pas responsable.
— Enfin, espérons, soupira-t-il.

Une idée germait dans le cerveau de Stark. Le chef de l'agence devait être un bluffeur, le genre marchand de vent, et il voulait l'intimider sans jouer au cow-boy.

Il faudrait l'impressionner à seule fin de lui enlever le goût d'enrichir le dossier de nouvelles constatations. L'affaire devrait mourir dans l'œuf, dès la visite de Stark.

Il était un peu plus de quatorze heures, lorsqu'ils pénétrèrent dans l'immeuble du passage d'Oisy.

— Ton caïd, on le trouve à quelle heure ? demanda Stark.

— Tout l'après-midi. Il attend que je lui téléphone pour envoyer la relève.

— On va lui porter ça à domicile, sourit-il.

Dans le buffet de la cuisine, il y avait des morceaux de cordelette et des bandes d'étoffe, matériel anodin, habituellement utilisé à des fins ménagères. Stark s'en servait pour ligoter et bâillonner les gens. C'était un artiste, ainsi que le malheureux policier privé put en faire l'expérience.

Stark l'allongea sur le sol de la chambre contre la rambarde qui surplombait le salon. Ensuite, il l'y attacha par les bras, les cuisses et les chevilles.

Il fouilla ses poches, les vidant entièrement. Il conserva les papiers d'identité : un passeport, un permis de conduire, une carte professionnelle et celle d'identité. Le type s'appelait Jacques Imbert. Il avait trente-cinq ans. Seuls ses yeux pouvaient bouger. On y lisait l'effroi.

— C'est juste une petite précaution, fit Stark en lui posant la main sur l'épaule. Dans deux heures, je reviens, et tu ne perdras pas ton job, fais-moi confiance...

Sa voiture était boulevard Haussmann. Avant d'aller voir ces gens, il préféra sauter dans un taxi pour la récupérer. L'agence se trouvait rue de Rome, à hauteur de la gare Saint-Lazare. Elle était sobrement signalée en petites lettres or sur une plaque noire, contre le mur de l'immeuble. On lisait :

> *Agence Saint-Lazare.*
> *M. PHILIDOR, directeur.*
> *Enquêtes. — Discrétion.*
> *2ᵉ étage.*

Il fut reçu par une secrétaire. Elle était brune, les cheveux tirés en arrière. Elle portait des lunettes. Elle affectait des allures d'espionne intellectuelle, catégorie de l'espèce humaine heureusement assez peu répandue.

Elle siégeait derrière un petit bureau supportant une machine portative, un dictaphone et un téléphone.

Stark se sentit déshabillé du regard et il déplora que la fille ne soit pas mieux de sa personne.

— M. Philidor est là ? questionna-t-il.

— Je vais demander, monsieur. Asseyez-vous un instant.

La décoration moderne était acceptable. Neutre, pour le moins. N'étalant ni richesse ni gêne. La secrétaire décrocha le téléphone et annonça un visiteur pour M. Philidor. Il semblait occupé. Il devait toujours l'être, surtout lorsqu'il n'avait rien à faire.

— Vous ne désirez pas voir un adjoint ? fit-elle au bout d'un moment.

— Non, dit Stark. Lui ou personne.

Elle communiqua la réponse. On lui répondit assez longuement.

— De la part de qui ? demanda-t-elle encore.

— De M. Jacques Imbert.

Il souriait avec bienveillance et avant qu'elle se remette de son émotion, il ajouta qu'il était pressé. On l'introduisit aussitôt dans une grande pièce, tapissée de classeurs métalliques. Il y en avait trop. C'était le genre de maison où l'on demande, devant vous, à une secrétaire, le dossier vingt-cinq mille huit cent quatre-vingt-dix-huit.

Philidor avait une stature imposante, le port altier, une chevelure châtain, abondante, éclairée de fils d'argent.

Stark s'assit sans y être invité, et jeta la carte professionnelle de l'agent fileur sur le bureau. Philidor s'en empara et son regard voyagea du carton à l'inconnu ; dans son esprit, le signalement que son client lui avait donné se décalquait sur la personne de Stark.

— M. Éric Stark, sans doute ? fit-il d'un air supérieur.

— Celui qui me suivait vit toujours. Et toi aussi, tu vis toujours, dit Stark en guise de réponse. Ça ne paraît pas, mais ça rend service.

Le visage de Philidor s'empourpra dans un mélange d'émotion et de colère. Il espérait sans doute que la colère chasserait le danger. Il y a des gens comme ça.

— Monsieur, vous vous permettez de me menacer.

On ne menace pas un homme comme moi, sachez-le. Il y a des lois, monsieur, vous entendez, des lois !

Du mot, il en avait plein la bouche. Il le rassurait. Il se demandait ce qu'était devenu cet imbécile d'Imbert.

— J'ai un code avec moi, dit Stark en sortant son flingue. J'ai jamais eu à m'en plaindre. Tu vas fermer ta gueule et poser les mains sur le bureau. Le type qui me suivait sortait d'ici, oui ? C'est vous qui m'emmerdez à domicile. On vous casque pour ça, mais il y a des petits ennuis. Tu vas envoyer ma fiche ou je t'embarque faire un tour en bagnole. On nous attend en bas et on est pressé.

— C'est ma secrétaire, balbutia-t-il, les yeux rivés sur le canon de l'arme.

Stark voulait éviter cette menace directe, mais le seul moyen de dégonfler un ballon en baudruche consiste à lui donner un coup d'épingle.

— Tu l'appelles et tu bronches pas, dit-il.

Il glissa l'arme dans la poche de sa veste, prolongeant la menace à travers l'étoffe.

— Apportez-moi l'affaire numéro douze, de M. Imbert, demanda-t-il au dictaphone.

Elle pénétra dans la pièce, se dirigea vers un classeur. Stark lui tournait le dos et observait Philidor mué en statue. Il écouta les déclics du classeur et la fille s'en alla, après avoir déposé un carton rectangulaire sur le bureau. Il remit son flingue au grand air et saisit la fiche.

En trois jours, ils avaient fait pas mal de boulot. Il songea à la présence d'Abel dans l'immeuble. Ils ne s'étaient pas vus de la semaine. Cela tenait du miracle. L'avant-veille, il avait levé une blonde explosive ; elle figurait en bonne place. Elle lui avait raconté qu'elle était entretenue par un gros ventre, alors qu'elle faisait du strip-tease à Pigalle. « L'un n'empêchait pas l'autre, mais elle aurait pu annoncer la couleur », pensa-t-il.

Il était temps que Philidor et ses argousins l'oublient.

— Pas mal, pas mal. Et pour le compte de qui, cette plaisanterie ?

— Je ne le connais pas, assura-t-il.

— Alors, tu bosses comme ça sans savoir ?

— Du moment que je suis payé...

— Allez, vas-y, raconte.

— Un homme m'a téléphoné pour l'histoire classique de l'adultère. Il m'a donné votre signalement et l'adresse du bar où vous vous rendiez. Il s'agirait de sa femme qui a disparu et qui vivait avec un ami à vous. Un homme de forte corpulence de quarante à cinquante ans. Je devais vous suivre jusqu'à ce que je connaisse son adresse. C'est tout.

— Très intéressant, et le fric t'arrivait comment ?

— En liquide, dans une enveloppe qu'une femme m'a apportée.

— Une femme comment ?

— Elle n'avait rien de particulier. Une femme comme beaucoup.

— Et si tu trouvais les amoureux en fuite, tu devrais prévenir qui ?

Philidor sortit un papier de son portefeuille.

— Je devais appeler ce numéro et dire à M. Jean de téléphoner ici.

Stark regardait le numéro. Il correspondait au quartier des Champs-Élysées.

— J'ai cherché l'adresse, ajouta Philidor. C'est un bureau meublé d'un immeuble commercial sur l'avenue des Champs-Élysées.

— Je vois, genre Fantômas. Ça ne fait rien. Tu vas l'appeler et lui dire qu'il prévienne d'urgence ce fameux Jean. Et on attendra.

— Et après ?

— Fais ça d'abord. C'est moi que ça regarde.

Il pensait que ce Jean devait attendre avec impatience et qu'il ne tarderait pas à téléphoner.

— Écoute bien, car après on pourra plus rien se dire. Tu vas lui raconter que t'as trouvé l'amant de sa femme, mais pas sa femme. Tu verras, il trouvera ça très normal. Et que tu refuses de donner le tuyau par téléphone, parce que tu veux être sûr qu'on ne te double pas. Tu demandes à passer à la caisse. Rien de plus normal que ça. Et lui, il voudra pas payer pour des nèfles. Il voudra être sûr. Tiens, il voudra que tu le conduises à l'endroit. Alors tu lui diras qu'il passe te prendre ici. Tu lui feras un petit baratin comme quoi tu sais ce que c'est que la discrétion, que personne ne le verra et que tu ouvriras toi-même la porte. Il n'aura qu'à sonner un coup long et un coup bref. T'as bien compris ?

— Et s'il ne veut pas ?

— Mais si, il voudra. Dis-lui bien que t'as jamais vu de femme. Et tu peux vider tes larbins. Dis-leur que tu fermes et qu'ils aillent se balader.

Bientôt, dans le silence, ils commencèrent d'attendre. Ils n'avaient plus rien à se dire. Stark ne savait où toucher Abel ni personne. Pour cette salade, le plus qualifié eût été Abel. D'ailleurs, cela le concernait. Il cherchait à comprendre. Qui pouvait ainsi chercher à connaître sa planque, à titre privé ?

Philidor avait chaud. C'était une drôle d'histoire. Déjà, il ne demandait qu'à en sortir, payé ou pas, et à oublier tous ces gens. Quelle différence avec la bonne petite clientèle qui chante en chœur !

La sonnerie claqua dans le silence. Philidor sursauta et avança une main qui tremblait un peu.

— Allô ! Monsieur Jean ? Bonjour, monsieur, c'est le directeur de l'agence... Oui, parfaitement... Eh bien ! c'était justement pour ça... Oui..., je l'ai trouvé... Mais il est seul, on ne signale pas de femme... Ça ne fait rien ? Parfait... J'ai mieux aimé vous prévenir...

Stark enrageait de ne pouvoir entendre l'interlocuteur. L'appareil ne comportait pas d'écouteur supplémentaire. Philidor semblait reprendre de l'assurance.

— C'est-à-dire que non, voyez-vous, je ne vous connais pas, ceci dit sans vous froisser. Si j'étais seul, passe encore. Mais j'assume d'énormes responsabilités à l'égard de mes agents. Il me faudrait un minimum de garantie... Oui, je comprends... Mais c'est très normal... Bien entendu... Oui, c'est cela, donnant donnant. En province ? Non, c'est à Paris... Oui, dans le centre... Oui, j'ai un homme sur place, nous restons en liaison... Si vous voulez, vous pourriez me prendre à l'agence, personne ne nous verrait. La discrétion est notre devise, vous le savez. Vous sonnez un coup long et un coup bref. J'ouvrirai moi-même... Je vous en prie... C'est cela, alors à tout de suite...

Stark carra ses épaules dans son fauteuil.

— Hein, t'as vu ? Comme une fleur ! Et après, c'est fini pour toi. Tu touches ton fric et tu fais une crise d'amnésie. Et tu sais, cet Imbert qui me filait, je l'ai attiré dans un piège. D'abord, on était plusieurs et il a fait ce qu'il a pu. C'est-à-dire comme toi, pas grand-chose. Contre la surprise, y a pas de remède.

— C'est bien vrai, soupira Philidor.

Au fur et à mesure que les minutes s'écoulaient, le danger s'épaississait. Ce Jean, qui venait à eux, ne devait pas être un novice, si on en jugeait par les précautions dont il s'entourait. Avec cette histoire à rallonges, Liliane comprise, Stark avait l'impression de s'enfoncer dans un tunnel.

La porte du bureau était close, ce qui n'empêcha pas la sonnette de résonner avec force. Ces deux coups, le long et le bref, vrillèrent le cerveau des hommes.

Stark se dressa, le revolver au poing.

— Passe devant, souffla-t-il.

Philidor obéit et, au moment où il s'apprêtait à ouvrir la porte, Stark le frappa à deux reprises avec la crosse de son arme. Le grand corps glissa le long du mur et tomba mollement sur le tapis.

Stark franchit le seuil et, ne sachant pas ce qui l'attendait derrière la porte d'entrée de l'appartement, il conserva l'arme à la main. Il ouvrit le battant d'un coup sec, découvrant un homme qui amorça un imperceptible mouvement de recul.

— Entre, ordonna Stark.

Le type entra. Il était de taille moyenne, vêtu avec

recherche d'un costume gris. Il n'était plus très jeune, et ses lèvres s'amincirent davantage.

— Amène-toi par là, et laisse tes mains dehors, dit Stark en le poussant vers le bureau.

Ils enjambèrent le corps du directeur malchanceux.

— Il s'est trouvé mal quand tu as sonné. Il est sensible. Tourne-toi et lève les mains.

Il s'approcha et le fouilla. Il portait un automatique 7,65 dans une poche intérieure. Stark extirpa encore une liasse de billets et un porte-cartes.

— Ça va, fit-il. Tu peux t'asseoir.

Les papiers d'identité livraient le nom et l'adresse de l'homme qui avait intérêt à retrouver Abel Davos. Il s'appelait Arthur Gibelin. Il exerçait la profession de décorateur.

— On ne se connaît pas et tu n'arrêtes pas de douiller pour que cet abruti me fasse suivre, dit Stark en désignant Philidor toujours inanimé.

Gigi comprenait mieux certaines choses.

— Je cherche ma femme, murmura-t-il.

— Il te donnera un coup de main pour la chercher là-haut. (Il montra le plafond avec le pouce.) Il a un peu d'avance, mais tu verras, ça se rattrape...

Gigi regarda le corps qui ne bougeait vraiment pas. Il y avait encore une demi-heure, ils discutaient au téléphone. Ce blond au visage dur ne devait pas être habitué à faire des cadeaux. Le col de sa chemise s'humidifiait. Il essuya son front.

— T'as une chance, et si tu fréquentes au bon endroit, tu comprends qu'elle est bonne. Tu cherches Abel. Ce sont tes oignons. Mais des types qui savent que, par moi, tu peux le trouver, on peut pas dire qu'il y en a un million. Si tu veux te mettre à ma place une seconde, tu vas me dire le nom du mec qui a prononcé le mien, et tu vivras. Le reste, je te l'abandonne. Il faut s'occuper de ses propres affaires. Tu crois pas ?

— Si, murmura Gigi.

— Alors, je compte jusqu'à trente. Je me paie sur quelqu'un. Toi ou un autre, c'est le même coup... Un, deux, trois, quatre, cinq, six, sept, huit...

Gigi se trouvait dans la même situation qu'avec Abel lorsque ce dernier le chronométrait pour le piller. Seulement, il était encore amoindri n'étant pas chez lui et voisinant avec un cadavre.

— ... vingt et un, vingt-deux...

Il n'avait pas de millions à sauvegarder. Simplement le nom d'un bonhomme. L'attitude de Stark le glaçait jusqu'à l'os. Sa peau était moite et le froid l'entamait à l'intérieur.

— C'est Fargier, dit-il. Vous connaissez ?

— Sur les bords. Je pense que t'es sincère. On va contrôler ça.

Une plainte monta, d'où gisait Philidor. Il remua un bras, puis l'autre et porta ses deux mains sur la partie douloureuse du crâne.

— Mais, il bouge..., remarqua Gigi avec étonnement.

— C'est mieux comme ça, dit Stark en se baissant près du corps.

Il le secoua un peu, et bientôt Philidor s'assit, regardant autour de lui d'un air hébété.

— C'est fini pour toi, assura Stark en se levant. Tiens, voilà ta fraîche.

Et il lui tendit la liasse de billets qu'il avait trouvée sur Gigi.

Il empocha la fiche sur laquelle étaient consignés les détails de la filature dont il avait fait l'objet, et considéra le tableau. Philidor avait son compte, à tous les points de vue. Quant au type qui patientait chez lui, zébré de ficelles, il n'en baillerait pas une. Mais ce Gibelin était relié à Fargier, et il se promenait dans la nature avec un flingue, à la recherche d'Abel.

Ce n'était pourtant pas un type de la trempe de Bill, et Stark l'imaginait mal en train de menacer le gros avec un soufflant. Il y avait quelque chose de louche là-dedans, et il ne savait pas le démêler. Il décida de quitter l'agence et de prolonger la rencontre avec ce client.

— On va te laisser, dit-il à Philidor qui s'était enfin dressé sur ses jambes. Tu t'en es bien tiré. Tu te répéteras ça souvent et tu n'entendras plus parler de rien.

— Vous pouvez être tranquille, j'ai très bien compris.

— Ne bouge pas de là. D'ici une heure, tu verras ton Jacques Imbert, frais comme un gardon. (Il s'adressa à Gibelin.) T'es venu en quoi ?

— En voiture.

— Seul ?

— Oui.

Et il sortit les clés de contact de son gousset.

— On va la prendre et on bavardera, histoire de faire connaissance. J'ai pas besoin de te recommander de ne pas jouer au plus malin, tu connais le tarif ?

Gibelin sortit sans regarder Philidor. Il pensait à

Fargier, qui lui avait dépeint Stark comme un novice, susceptible de conduire à la planque d'Abel n'importe quel corniaud le prenant en filature.

Il avait garé sa DS rue de Rome, dans le haut, vers Courcelles. Elle était blanche avec le toit noir.

— Tu vas conduire, dit Stark, ça me reposera.

Ils s'assirent tous les deux à l'avant.

— Qu'est-ce qu'on fait ? demanda Gigi.

— On va aller chez Fargier, mais pas au bar, chez lui.

— Ce n'est pas l'heure, il ne rentre que le soir.

— On l'attendra. Allez, en route.

Il n'avait pas la moindre idée de l'endroit où habitait Fargier, mais ça lui rendrait bien service de le savoir.

— Il se pourrait même que sa femme soit sortie et qu'elle dîne en ville.

Stark ne répondit pas. Il avait donné un ordre, ce n'était pas pour palabrer cent sept ans. La voiture rejoignit la porte Maillot et fonça sur la route de Saint-Germain.

— On aurait pu aussi bien lui téléphoner, insista Gigi. Si vous cherchez à vérifier ce que je vous ai dit, c'était simple, avec l'écouteur.

Stark ne semblait pas entendre. Il laissait volontairement Gibelin se débattre dans le silence. On finit par s'habituer même à un agresseur, lorsque la menace dure trop longtemps, et on en arrive à moins le craindre. Le silence, ça distillait de l'inquiétude. En nappes, comme le gaz.

La route était libre. La DS filait. Gibelin ralentit à l'entrée du Vésinet et tourna sur sa gauche. L'avenue, bordée de villas, faisait penser à une maquette d'architecte. Ils tombèrent sur une petite place et suivirent les grandes flèches blanches, sur fond bleu, du sens giratoire. Gigi emprunta la rue de droite, à un embranchement de trois rues.

— C'est la dernière maison, dit-il.

La rue se perdait ensuite dans un bois, en se rétrécissant. Sur la droite, la file des maisons s'arrêta. À gauche, elle se prolongea sur cent mètres, et la villa de Fargier apparut. Elle était basse et large, comme un chalet suisse.

— On va pas déranger sa femme, dit Stark. Tu vas reculer et on va rentrer à Paris.

Gigi jeta un coup d'œil sur cet homme qui se contredisait, tout en sachant très bien ce qu'il voulait. Le silence avait profité à Stark. Maintenant, il savait que Fargier devait mourir. Pour les types de l'agence Saint-Lazare, rien ne pressait. Stark ne voulait pas remplir un cimetière inutilement. Ce n'était pas un tueur systématique, mais Fargier ne pouvait plus vivre.

— Tu vas continuer sur Saint-Germain, ordonna-t-il, et tu vas me raconter pourquoi tu cherches Abel.

— Je croyais qu'en prononçant le nom de celui qui m'avait parlé de vous, vous en saviez assez.

— J'ai changé d'avis et c'est moi qui commande. Vous m'avez cherché, vous me trouvez, et il faut en passer par où je veux. J'ai posé une question !

— Abel est venu chez moi. J'avais confiance en lui et il m'a fauché huit cents billets. Je n'ai pas porté plainte, mais je ne veux pas en rester là.

— Qu'est-ce que tu appelles « ne pas en rester là » ?

— Je veux mon fric.

Stark pensa que c'était l'affaire dont Abel lui avait parlé.

— Et t'as déjà ciglé deux cents sacs à l'agence. Tu dois me prendre pour un con. Dis-moi ce que vous avez cuisiné avec Fargier, ça vaudrait mieux.

— Rien du tout. C'est un ami d'Abel, et il a pas trouvé ça bien. J'ai toujours été régulier.

— Alors, avec Fargier, tu dois bien t'entendre. Et vous vouliez la planque du gros, juste pour quelques billets ? Au risque de vous faire trouer la paillasse. Tu rigoles ! Fargier est plus fortiche que ça, et toi aussi.

— Je n'ai pas d'autres raisons.

— Si, t'en as une. T'as le trac, et Fargier aussi. C'est la meilleure raison du monde. Vous ne faites pas le poids, contre Abel, même avec ton flingue. Mais avec l'adresse de la planque, ça pourrait changer. Les flics vous l'écarteraient du chemin.

La DS grimpait la côte de Saint-Germain. Ils ne croisaient presque pas de voitures.

— Tu prendras la route de Quarante-sous et t'iras doucement. On n'est pas pressés.

— C'est faux pour les flics, assura Gigi. Sinon, on aurait pu donner ton nom (il se mettait à le tutoyer) et on a voulu régler le compte entre nous.

— Les flics m'auraient emballé. Vous n'auriez pas pu les diriger comme Philidor. Tu fais le fourgue ?

— Oui, et on me connaît !

— Abel t'a ponctionné. Il a dû t'en faire palper

assez. Pour le reste, j'ai raison. Tu t'es associé avec Fargier. Ça fait longtemps qu'il cherche quelqu'un pour balancer Abel. Tu lui aurais porté l'adresse, il t'aurait monté un cinéma et t'aurais vendu le gros. C'est pas plus compliqué.

— Mais non, mais non, fit-il.

— Mais si, et ça t'aurait permis quelques fantaisies avec ces messieurs, par la suite. Y a trop longtemps que tu tiens le pavé. Tu connais toute la gamme.

La route était droite. Des grands arbres la bordaient et il semblait que leur feuillage se rejoignait au loin, dans une voûte effective.

— Tu prendras à gauche au premier carrefour, dit Stark.

La sécurité d'Abel et la sienne propre étaient liées. Philidor ne connaissait pas l'identité de Gibelin. Pour lui, il était resté le mystérieux M. Jean. Personne ne savait que Gibelin était avec Stark. Tout au plus, Fargier savait-il que Gibelin s'était rendu à l'appel de Philidor, qui prétendait avoir découvert la planque d'Abel.

Ils se trouvaient sur une voie départementale, coupant la forêt.

— J'ai envie de pisser, dit Stark. C'est pas que j'aie pas confiance en toi, mais ça m'ennuierait de rentrer à pied. Alors, on va descendre tous les deux.

Gigi se rangea sur sa droite. Stark ouvrit la portière et descendit en le tenant par le bras de façon qu'il sorte du même côté, entre la voiture et le talus. Les chaussures de Gigi prenaient à peine contact avec le sol, que Stark lui envoya un formidable crochet du gauche. La tête du fourgue heurta la carrosserie et

Stark le reçut dans ses bras. Il jeta un coup d'œil sur les alentours. Ils paraissaient déserts.

Gigi était contre lui, il lui entourait le corps de ses bras et sa tête bringuebalait comme celle d'un cadavre encore chaud. Il fléchit les genoux et souleva le corps sur son épaule. Ensuite, il escalada la courte pente du talus et s'enfonça sous le couvert. Le sol élastique de la forêt muselait les bruits. Le soleil perçait par endroits, éclairant les troncs. L'air pesait, et Stark bascula Gigi au bout de quelques mètres, à hauteur d'un fourré. Il l'y entraîna et l'y poussa tant bien que mal.

Ensuite, il regagna la voiture, mit le moteur en marche. Il redescendit, laissa la portière ouverte, inspecta les parages et retourna auprès de Gigi.

Les deux coups de feu éclatèrent, si proches l'un de l'autre qu'ils semblaient n'en faire qu'un. Le bruit, fantastique, s'éleva, s'étendit, comme si tous les arbres se le transmettaient.

En deux bonds, Stark fut dans la voiture et il démarra en trombe. Gibelin n'avait pas senti venir la mort. Il était passé, sans souffrance, du stade de l'évanouissement à celui de cadavre. De son goût de l'argent, de sa ténacité, de sa manière d'aimer sa femme, de son habitude de se moucher en pressant toujours sur la même narine, il ne restait rien qu'une carcasse vide qui n'accomplirait plus aucun geste, et que personne ne rencontrerait jamais plus.

CHAPITRE X

La fille était assise sur le bord du lit. Elle se leva, s'étira. Abel, le corps détendu, considérait ses longues cuisses et ses fesses rondes.

— Il est tard, fit-elle.

Elle travaillait à la Madeleine et ça faisait deux fois en trois jours qu'elle montait avec ce type. C'était marrant, mais elle avait pensé à lui entre les deux fois. Il était taciturne, mais on sentait qu'il comprenait tout. Une force physique et morale s'en dégageait. Elle se sentait en confiance.

— Tu dînes quand ? demanda-t-elle en se retournant.

— Sais pas, j'ai pas d'heure.

Il leva le bras vers les reins, la main ouverte et elle s'agenouilla près de lui.

— On te reverra ?

— Y a des chances.

Elle s'allongea davantage, et la main d'Abel descendit le long de ses hanches.

— Ça te dirait, qu'on passe une nuit ensemble. Une complète, comme ça, au béguin.

— C'est gentil, ça, sourit-il. T'as une piaule ?

Faire une fiche dans un hôtel, ça ne lui disait rien du tout.

— Bien sûr que j'en ai une, en bas de la rue Blanche, avec une copine, mais elle ne sera pas là. Suffit de l'affranchir un jour à l'avance.

— Je dis pas non.

Elle était fabriquée comme une pin-up, et la mentalité avait changé. Elle ne donnait pas les signes de travailler pour un hareng. Il l'avait récupérée vers les quatre heures de l'après-midi, et il en était huit.

— Tu regretteras pas, murmura-t-elle.

Il s'en doutait bien. Elle n'avait pas envie de s'en aller, et ses mains couraient sur le corps d'Abel. Il était fatigué, mais elle avait de quoi réveiller un mort.

Il rentra chez lui vers onze heures. Il avait dîné avec la fille. Ce n'était pas dans sa ligne de conduite. Une fois n'était pas coutume et ça ne l'engageait nullement. C'est débilitant de toujours payer pour coucher avec une femme. L'homme a besoin de se sentir accueilli pour autre chose qu'un billet de banque.

En poussant sa porte, il vit le carré blanc d'une grande feuille de papier, sur le sol. Il le ramassa. *Viens tout de suite*, signé : *Éric*. Il le roula en boule et le tenait encore dans le creux de sa main lorsqu'il sonna chez son ami. La porte s'ouvrit toute grande.

— Enfin !... J'ai cru que tu ne viendrais jamais.

Éric était habillé. Il avait simplement déboutonné son col de chemise et desserré le nœud de sa cravate.

— J'arrive à peine. Ça ne va pas ?

— Assieds-toi, t'en auras besoin. Tu bois un coup ?

Abel fit non de la tête, et Stark entama son récit. Abel écoutait, penché en avant, les coudes appuyés sur les jambes, les mains croisées.

— Tu t'es mouillé cher, dit-il quand Stark eut terminé.

— J'ai réfléchi avant de le flinguer. C'est pas possible que je le paie.

— Tu le paieras pas non plus, tu peux me croire. (Il se leva.) Y en aura pas un de vivant pour lever un cil.

— Où vas-tu ?

— Je vais commencer par ce pourri de Fargier. Et s'il a quelque chose à me raconter sur Riton de la Porte, il le dégueulera avant de caner.

— Je t'ai pas raconté ça pour que tu voies Fargier à ma place. C'est pas toi qu'on a fait suivre.

— Si j'étais pas là, on t'aurait jamais suivi, et c'est pas toi non plus qui as barré une rue avec deux équipes et trois voitures pour arracher coco de la Santé. J'ai lancé un crochet au bout d'un filin par-dessus le grand mur pour qu'il accroche le matériel que j'avais jeté avant. Il a eu qu'à scier le barreau et à se présenter au signal. Le mur, i' fait dix mètres. On avait tous une titine à la main et on aurait descendu n'importe qui. C'est pas un service, ça ?...

Il marchait de long en large et une vague de colère le submergeait.

— J'aime pas en parler, grinçait-il, je l'ai pas fait pour en tirer quelque chose, mais aujourd'hui y a un peu d'abus. Et après, je l'ai planqué, placé sur des coups terribles. Il s'est bourré, il a arrangé la sauce avec les témoins du premier truc, et t'as vu le total ?

Je devrais l'écorcher vif. Tu vois, pour Gigi, c'est malheureux. Vraiment, il a fallu que j'aie besoin de fric et que ça n'aille pas... Avant, j'avais essayé ailleurs, mais ça n'allait pas. Si t'as été obligé de le flinguer, c'est encore de la faute de cet enfoiré de Rara. Et dire qu'on en avait tous plein la bouche de ce mec, à la belle époque. Y en a qui doivent se retourner dans leur tombe ! Tiens ! je veux même pas qu'il voie le jour se lever...

— Je vais te conduire, fit Stark d'une voix décidée.

Abel comprit qu'il ne l'écarterait pas de l'action. Il faudrait une voiture, et le chauffeur ne risquerait pas grand-chose. Il pensait à Raymond Naldi.

— Il est bientôt minuit. Il doit pas quitter son rade avant deux heures du mat'. Ta bagnole est trop repérable. Je vais téléphoner au petit Jeannot qu'il m'en dépose une dans le secteur.

Il se dirigea vers le téléphone et composa un numéro, après avoir consulté un aide-mémoire. La sonnerie retentissait. Personne ne répondait. Il laissa sonner et, au bout d'une douzaine de fois, il entendit le déclic.

— Allô ! prononça une voix ensommeillée.
— C'est toi, Jeannot ?
— Ouais.
— C'est Bill, dis-moi, tu pionces comme une mère de famille !
— T'as raison. Qu'est-ce qui se passe ?
— Presque rien. Tu peux m'amener une tire vers l'Étoile. Un truc passe-partout, qui ne craint pas.
— Tu stationneras longtemps ?
— Assez, oui.

— En ville ?

— Non, à la campe.

— Alors, ça va, j'en ai une petite. Tu fais pas la course ?

— Non, une vraie balade...

— Dans une demi-heure, devant le bistrot où on s'est déjà vus.

— Merci.

— Écoute, écoute..., raccroche pas ! T'as besoin d'un chauffeur ?

— J'en ai un, vieux, t'es chouet'.

— C'est toi qu'es pas chouet', fit Jeannot.

Et il coupa.

Abel remit l'appareil en place, lentement. Il paraissait triste.

— Il était pas content ? dit Stark.

— Un peu déçu. Son amitié est restée comme avant. (Il se versa une rasade d'alcool.) Dès qu'on aura la tire, on téléphonera au bar pour savoir si le Rara est toujours là.

Cinq minutes avant l'heure fixée par Jeannot, ils quittèrent l'appartement. Abel sortit de l'immeuble le premier et monta vers l'Étoile par l'avenue Carnot, comme d'habitude. Éric suivait à une centaine de mètres. Abel lui avait demandé de ne pas se montrer. Même à un garçon sûr comme le petit Jeannot, il était superflu de tout dévoiler.

Il s'agissait d'une petite 4 CV de couleur grise. Jeannot apparut, un foulard autour du cou, le cheveu en bataille.

— Salut ! dit-il.

Et on ne lisait plus la moindre trace de déception dans son attitude.

— T'as avalé une montre, sourit Abel. Y a une station de taxis pas loin, va te remettre dans les toilettes.

Il lui frappa l'épaule.

— T'es tombé pile. D'habitude, j'y suis pas. Tiens, voilà les fafs de la tire. C'est plein d'essence. Tu la laisseras au même endroit et tu me passes un coup de tube, j'attends chez moi.

Dans son regard, il y avait une interrogation ; il ne la formula pas. Abel était seul. Il n'avait peut-être pas de chauffeur, mais il souriait.

— Merci, je téléphone dans la matinée.

Il se baissa et s'assit au volant. Il voyait Stark de dos, un peu plus loin, qui marchait lentement sur le bord du trottoir. Il débraya en adressant un léger signe de la main à Jeannot et récupéra Stark au passage, ne s'arrêtant qu'une seconde.

Porte Maillot, ils descendirent pour téléphoner. La préposée au téléphone leur répondit que M. Fargier était dans la salle et qu'on allait l'avertir.

Ils coupèrent la communication et remontèrent en voiture.

— À mon avis, dit Stark, sa femme est seule. Gibelin craignait de trouver la maison vide.

— Dans une villa, on rentre facile par-derrière, la cuisine ou la cave. Je ficelle la frangine et j'attends le client.

— Elle te connaît ?

— Si c'est la même, oui. Mais elle n'aura pas le temps de décoller la paupière.

Parvenus au Vésinet, ils roulèrent doucement et,

après la petite rue au sens giratoire, Éric s'engagea dans l'avenue centrale et non dans la rue de Fargier. Il stoppa derrière une grosse voiture. Il n'y en avait que quelques-unes par-ci, par-là, toutes les villas ayant un garage.

Éric accompagna Bill, pour lui montrer la maison. Ils ne firent que passer devant et s'enfoncèrent entre les arbres qui succédaient aux villas. Ils allèrent assez loin. Aucune lumière ne filtrait des fenêtres de chez Fargier, ni des autres maisons. Sauf une, à l'entrée de la rue.

— Laisse-moi te faire un passage, murmura Éric, c'est mon boulot habituel.

Abel hésita quelques secondes.

— Donne-moi ta parole d'homme que tu ne feras rien de plus.

— Je te la donne.

— Alors, j'attends là.

Stark refit le chemin en sens inverse. La température était douce, mais pas chaude, comme elle aurait dû l'être à cette époque. Il n'y avait pas de lune. Ce n'était pas non plus une nuit d'encre.

Il examina la clôture qui regardait le bois. C'était un mur, d'environ deux mètres, bombé au sommet, agrémenté des classiques tessons de bouteilles. Ça n'allait pas avec le style du chalet, mais c'était là. Ce mur offrait l'avantage de ne pas être mitoyen.

Il le longea jusqu'à l'angle, derrière la maison. Il s'appuyait contre une énorme haie. Il jeta sa veste pliée en long, sur le faîte du mur, et s'aida de la structure de la haie pour s'élever d'un bon mètre. Ensuite, il se rétablit sur le mur. Il regarda en bas. Le sol était en gravillons. Il se suspendit autant qu'il le put et se laissa tomber.

Il demeura sans remuer, pour écouter, et traversa l'allée qui cerclait la maison. La porte vitrée de la cuisine donnait en contrebas. Il descendit deux marches et fit jouer la poignée de la porte. La porte résista. Il alluma une lampe de poche au faisceau étroit et sortit un rossignol simple. La serrure l'était aussi. Elle se livra, dans un imperceptible craquement.

À l'intérieur on n'entendait pas un souffle. Il brûlait d'envie d'aller plus loin, mais il se rappela sa promesse. Il avisa un tabouret et l'emporta pour gravir le mur. Il servirait à Abel lorsqu'il descendrait.

Le sol crissa sous ses pas. C'était désagréable. Il escalada le mur et laissa sa veste en protection. Dans la descente, il s'égratigna le visage sur la haie. Il jura, et rejoignit Abel.

— Une rigolade. Le plus emmerdant, c'est le mur, je me suis raboté. Je vais te faire la courte échelle, et t'oublieras pas de rentrer le tabouret avec toi.

— Champion ! Tu vas rester là pour voir entrer Fargier. Des fois qu'ils soient plusieurs, tu pourrais venir jeter un coup d'œil. Sinon, tu vas tourner la bagnole, qu'on attende pas.

Ils s'avancèrent le long du mur. Éric hissa le gros. Une fois sur le mur, Abel appuya une main entre deux tessons et renvoya la veste de Stark. Sa seconde main trouva la bonne place, il enjamba et glissa jusqu'au tabouret.

Dans la cuisine, il déposa le tabouret et se déchaussa. Il traversa la pièce, vaguement éclairée par la lampe d'Éric. Une porte s'ouvrait sur un couloir. Il le prit sur sa droite et tomba dans le dégagement d'une pièce très grande. La lampe ne projetait pas jusqu'au fond. Aucun escalier.

Derrière lui, deux portes. Ça se passait là. Il éteignit la lampe et, millimètre après millimètre, tourna la poignée de la porte de droite. Il s'agenouilla et poussa le battant. Il incorpora sa masse et pénétra à quatre pattes, de manière qu'on ne puisse l'apercevoir du lit, en admettant qu'il se trouve dans une chambre.

Il s'arrêta. Ses yeux s'habituèrent à l'obscurité. Il s'avança et alluma la lampe au ras du sol. En face, au centre de la pièce, le lit, immuable réservoir de soupirs, trônait.

Il en dépassa le pied et se dressa lentement. Une tache sombre se détachait sur la clarté du linge. Il s'approcha encore. La forme bougea. Il posa son énorme main sur l'épaule de la femme, la clouant solidement, et l'autre sur sa bouche, en lui écrasant les lèvres.

Réveillée en sursaut par le contact, elle écarquilla démesurément les yeux, terrifiée, entre le cauchemar et la réalité. Abel sentit son corps se tendre comme un arc et s'amollir brusquement. Il enleva ses mains et tâtonna un peu, avant d'allumer une applique murale.

La femme était évanouie. Il l'abandonna, ouvrit une penderie, rafla des cravates et une ceinture. Il lui lia les mains derrière le dos, les fixa à ses chevilles et plaça un bandeau sur ses yeux. Il ne voulait pas la bâillonner dans cet état. Il ne voulait pas la tuer.

Il lui administra des petites gifles sèches, et un gémissement s'échappa de ses lèvres blanches. Il n'était pas certain de reconnaître en elle la première femme de Fargier. Si c'était la même, il la trouvait considérablement vieillie.

Le temps s'écoulait et il guettait le moment où il pourrait la bâillonner. Au bruit d'un moteur, il serait trop tard. Il alla chercher un verre d'eau à la cuisine et lui releva la tête pour qu'elle boive. Il imbiba son mouchoir dans ce qui restait de liquide, et lui bassina les tempes.

Elle commençait à se débattre. Il soupira et se pencha sur elle.

— Ne bougez pas, dit-il. Il ne vous arrivera rien. Ne bougez plus.

Elle s'apaisa et sa tête retomba sur le côté. Il ne pouvait plus attendre et il la bâillonna à l'aide d'une serviette. Il décida de ne pas l'enfermer dans un placard sans air. Il la laissa au milieu du lit.

Toutes les deux ou trois minutes, il contrôlait sa respiration. Finalement il éteignit, ferma la porte de la chambre et choisit un angle stratégique, dans le salon-salle à manger.

Dès que la voiture stoppa à hauteur de la maison, il sortit son arme et se leva. Il voyait la porte d'entrée ; il émergerait de son renfoncement à la minute favorable.

Fargier claqua la porte de son américaine, une Mercury. Un bruit qui procurait une impression d'hermétique, comme celui de la fermeture d'un coffre-fort. Toute la soirée, il avait attendu la visite ou le coup de téléphone de Gigi. Ceux de l'agence avaient déniché Abel et, depuis, plus rien. Riton de la Porte était lui aussi sans nouvelles. Il avait canalisé Gigi sur Fargier. Ce n'était pas une mauvaise opération. Fargier s'en débrouillerait mieux que lui. Riton connaissait une angoisse plus grande que celle de Fargier, car il avait vu réagir Abel en de nombreuses occasions. Quand ça n'allait plus, le gros était terrible. À un point que Rara ne saurait imaginer, ne l'ayant connu que ruisselant de joncaille.

Rara sentait que les choses ne traîneraient plus. Il avait retardé ses vacances pour assister à la fin de Davos. Il fallait imprimer une poussée au destin. Ce n'était pas en laissant palpiter une menace derrière lui qu'il la supprimerait.

Il abandonna sa voiture dehors et ouvrit la grille. Aucune lumière ne filtrait de la bâtisse. Sophie dormait ou lisait, éclairée par une lampe de chevet. Elle souffrait du cœur depuis quelques mois. Il songeait à tout liquider et à se fixer dans un bled des Pyrénées pour offrir à sa compagne de toujours le repos qu'elle méritait.

Il se trouva dans son vestibule et alluma un système d'éclairage indirect. Il n'avait pas sommeil. Il brancha un lampadaire et, de l'abat-jour, une lumière douce, reposante, s'insinua.

Il se baissa vers un petit meuble, sortit un grand verre qu'il posa sur une table. Il buvait un jus de tomate chaque soir. Abel calcula qu'il irait sans doute à la cuisine prendre une boisson dans le frigidaire et demeura dans l'encoignure. Il voyait Rara de trois quarts. Il le laissa se diriger à la cuisine et sortit de sa cachette.

Il se tint debout, derrière la table qui supportait le

grand verre, à environ deux mètres. Le lampadaire était à sa gauche. Il faisait face à la baie vitrée par laquelle reviendrait Fargier. Un vif désir le démangeait : celui de l'abattre sans même entendre le son de sa voix. Mais il avait besoin d'évoquer Riton de la Porte. C'était dommage.

Fargier débouchait son jus de tomate tout en marchant. Ses yeux regardaient ses mains qui tripotaient la bouteille. Mais la présence immobile d'un homme est chose palpable pour certains fauves. Il leva les yeux et lâcha la bouteille qui se brisa sur la mosaïque.

— C'est la joie, sans doute ? fit Abel. (Il indiqua un siège du canon de son arme.) Tu peux t'asseoir. T'as qu'à te croiser les bras et rester bien tranquille.

— Un revolver ? Entre nous ?... murmura Fargier.

— Qu'est-ce que t'aurais voulu ? Une gerbe de fleurs ?

— Je ne comprends pas, Bill, on a fait tout ce qu'on a pu...

D'un seul coup il pensa à Sophie. Elle avait peut-être entendu Abel fracturer une porte et, lui, il l'avait...

— Sophie, dit-il, en esquissant le geste de se lever.

— Elle a rien, coupa Abel. Si t'es raisonnable, tu la retrouveras.

— Je t'attends depuis des semaines pour continuer à t'aider et tu me guettes la nuit avec un flingue. Que se passe-t-il, vieux ?

— Quand je suis venu t'arracher, j'ai envoyé personne à ma place. On s'est mouillés à dix pour toi. Et, à Nice, j'ai vu un étranger se pointer avec l'ambulance. Et tu voulais que je me précipite chez toi ? Tu perds les pédales. Sans moi, tu serais rien, zéro, tu pourrirais en centrale ! C'est pas vrai ?

— Si, mais je ne pensais pas que tu me le reprocherais toute la vie.

— Mais, bougre de canaille, tu m'y obliges !... Et puis t'as raison, va. On va parler d'autres choses. Que devient ce brave Riton ?

— Il est comme moi, il t'attend.

— J'irai. Il peut en être sûr. C'est dans mes projets d'y aller.

Fargier ne releva pas le sous-entendu. Sa seule chance consistait à jouer les candides.

— Même si tu te trompes, nous, on sera toujours contents de te voir.

— J'ai déjà vu Gibelin. Il t'envoie ses amitiés.

Les paupières de Fargier battirent légèrement. Il préféra garder le silence.

— Ça te fait quelque chose, hein ! En vieillissant, c'est fou ce qu'on s'attendrit. Gigi me disait pareil ; avec Riton, vous vouliez tellement me parler que vous faisiez filer Éric.

— C'est Riton qui m'a parlé de Gigi. Il n'est pas venu chez moi, d'abord. Pour son fric, il en avait gros sur l'estomac. Je l'ai embrouillé pour pas qu'il porte plainte.

— T'es un ami, toi. Et pour m'aider à bloc, t'as balancé Stark. Gigi ignorait jusqu'à son ombre. T'es le plus intelligent de la place. Tu crois qu'un fourgue avait besoin de ces détails ? Toujours pour m'aider ! Tu connaissais pas une meilleure façon ? Vraiment pas ? Pourtant, t'as travaillé avec moi.

— J'ai paré au plus pressé. Mets-toi à notre place.

On a fini, et aujourd'hui, ça paye cher. J'ai gagné du temps pour lui donner confiance et, ensuite, je l'aurais écarté sans le tuer.

— T'aurais dû entrer au couvent. Enfin, pour Gigi, c'est classé. Ça te fait un homme en moins. Tu vas finir par manquer de matériel !

Abel souriait et le visage de Fargier se couvrit d'inquiétude.

— On ne sait plus quoi faire, murmura-t-il. Riton était d'accord. On se voyait souvent. Tu devrais comprendre ça.

La nuit où Abel avait arraché Fargier de la Santé, il avait donné un grand souper, chez lui. Tous les ténors de l'époque avaient écrasé leur larme lorsque Rara s'était dressé, à la fin, pour remercier. Il avait offert sa vie à celui qui en aurait besoin et il n'avait pu terminer. Ça ne sortait plus.

Les images se juxtaposaient devant les yeux d'Abel. Celle de Rara flottait un peu.

— Tu peux pas savoir comme je comprends, souffla-t-il.

Et il lui envoya quatre balles, trois en pleine figure et une dans la gorge.

Fargier encaissa les quatre petits chocs. Il eut la sensation de monter à des milliers de mètres, en une seconde, et de descendre, de descendre, jusqu'au fond de la terre.

Son corps bascula en avant. Une de ses mains baigna dans le jus de tomate et un gargouillis noirâtre s'écoula de ses blessures. Abel s'éloigna, ouvrit la porte de la chambre pour délivrer la femme, sinon de ses liens, tout au moins de son bâillon.

Depuis qu'il avait porté les mains sur elle, il éprouvait une sorte de malaise. Elle gisait, inanimée, en travers du lit. La serviette barrait sa bouche, comme un mors ; il la dénoua. Elle vivait encore. Les détonations l'avaient certainement effrayée. Dans un élan irréfléchi, il délia ses bras et ses jambes. Il regarda autour de lui, cherchant inconsciemment une aide.

Il fallait partir. Les lumières des maisons voisines devaient s'allumer. Il sortit par la grande porte et s'enfonça dans la nuit.

La réaction des gens n'avait pas encore été au-delà de la perplexité. Le moteur de la 4 CV tournait. Il se plia en deux pour se caser à côté de Stark qui démarra.

— T'as entendu ? questionna Abel.

— Ça porte loin. Dans le temps, j'ai eu un silencieux, mais j'avais pas confiance. Il est arrivé une histoire à un ami. Tiens, à Raymond.

La mort de Fargier se situait au-dessus d'une simple tuerie. Elle s'inscrivait dans le passé. Il songea à Thérèse, aux erreurs qui s'accumulaient depuis longtemps.

— Riton est dans le coup, dit Abel après un silence. C'est malheureux de voir ça !

— Qu'est-ce qu'il a dit ?

— Il a fait l'idiot. Même pas le courage de prendre ses responsabilités. De la merde. Je vais me dépêcher pour le fric des gosses, et adieu, la valise ! Je vais me tailler au diable. Je bosserai avec ça... (Et il montra ses mains.) Pour des pêcheurs ou n'importe qui. J'en ai trop marre, vraiment trop...

Stark n'avait pas envie de parler. Dès qu'il pensait

à tout ça, l'image de Liliane sautait en gros plan, s'imposait. Et une douleur s'étendait en petites barres, dans sa poitrine.

Ils laissèrent la voiture à l'endroit où il l'avait prise, et rentrèrent séparément. Stark marchait devant. Une fois dans son appartement, Abel avisa le petit Jeannot. Il était trois heures du matin. La conversation fut brève.

Ensuite, il demeura planté devant le téléphone. Il se décida à ouvrir l'annuaire et composa le numéro dix-huit. On lui répondit assez vite.

— Allô ! dit-il, la permanence des pompiers ?
— Oui, monsieur.
— Il y a une malade très grave au Vésinet, il faut faire quelque chose immédiatement.
— Appelez un docteur.
— Mais non, c'est une asphyxie. Il s'est passé une chose terrible, je vous dis. C'est à la rue des Cerisiers, la dernière villa à gauche... Vous entendez ?
— Bien sûr, mais je ne sais pas si...
— Je répète, à la dernière villa à gauche de la rue des Cerisiers, au Vésinet. Un drame épouvantable...

Et il coupa l'entretien. Stark le regardait comme on regarderait une girafe faisant du tricot.

— C'est la femme, murmura Abel. J'y pense tout le temps. Sophie, elle s'appelle. Quand il était dedans, c'est elle qui nous avait en partie baratinés pour qu'on aille le chercher. Je l'avais pas reconnue, c'est lui qui a dit son nom.

— Tu l'as laissée comment ?
— Dans les pommes. Je l'ai détachée. Elle était blanche, on voyait plus ses lèvres.

— T'inquiète pas, va, les pompiers vont la retaper, ils ne font que ça.

— On verra bien avec les canards, soupira-t-il. Sur place, j'ai fait l'impossible. Je pouvais tout de même pas rester là...

Stark enleva sa veste et ses chaussures. Depuis le début de l'après-midi, il se débattait entre l'agence, Gibelin et cette promenade nocturne. Le sommeil le serrait aux tempes. Il étouffa un bâillement.

— On va se pieuter, fit Abel, et j'y reste toute la journée.

Ils se quittèrent en échangeant un signe de la main et Abel monta des marches, encore des marches. Sa chambre lui semblait plus lointaine qu'à l'habitude.

Il ne s'endormit qu'à l'heure où la ville s'éveillait. Le sommeil interrompit le film de sa pensée. Ses derniers actes engendraient, depuis déjà un bon quart d'heure, d'intenses mouvements au sein de la police criminelle. Mais, pour lui, ces mêmes actes perdaient leur consistance, s'effilochaient dans le sommeil.

L'inspecteur principal Vanel groupait les renseignements qui lui parvenaient des quatre coins de la ville. Un cadavre, deux cadavres, une femme transportée à l'hôpital et des coups de téléphone en file indienne. En définitive, il donna l'ordre qu'on ne le dérange plus et s'enferma dans une petite pièce, dans l'espoir d'y rassembler ses idées.

Vers dix heures du matin, on frappa à cette porte et une tête se glissa dans l'entrebâillement.

— Chef, c'est un type qui veut parler à Blot.

— Tu sais bien qu'il est absent toute la semaine.

— Il dit que c'est grave et qu'il veut parler à son remplaçant.

Vanel se leva. Il était plutôt grand, svelte, jeune. Trente-cinq ans à peine, un visage sympathique. Des yeux clairs, un nez en trompette que l'on s'attendait toujours à voir bouger. Il passa dans la pièce voisine.

— Allô ! fit-il, ici l'adjoint du commissaire Blot.

— C'est au sujet de l'assassinat de Fargier. C'est le boulot d'Abel Davos.

— On peut vous voir ?

— Non. Si vous faites vite, j'ai une chance de vivre, vous pigez ?

— Très bien, murmura-t-il.

— Y a un type qui s'appelle Éric Stark. C'est lui qui doit planquer Abel, il a été le chercher dans le Midi. Il fréquente chez Nevada.

— Et ce Gibelin trouvé à Saint-Germain, vous connaissez ?

— Je vous dis, occupez-vous d'Éric et d'Abel, sinon j'y passe, et ils s'arrêteront pas là...

— Écoutez... Allô ! écoutez...

Mais le type avait raccroché. Vanel se jeta sur le téléphone intérieur et demanda le sommier.

— La fiche d'Éric Stark ; oui, avec un S. C'est Vanel... oui, j'attends.

Il patienta, l'appareil un peu éloigné de l'oreille. De l'autre main, il sortit un paquet de gauloises.

— Rien du tout, ici. Voyez plutôt chez Eugène.

— Merci.

Eugène tenait le fichier du gibier en puissance. Celui qui n'était pas encore étiqueté à la tour pointue[1]. Vanel l'appela. Eugène avait quelques lignes sur Stark. C'était d'accord, il fréquentait le quartier général de Nevada et vivait avec une certaine Monique Clavier, propriétaire d'un « bains-douches ». Vous m'avez compris !

Vanel, muni de la double adresse, celle de Stark et celle de Monique, consulta sa montre. Il était bientôt onze heures. Pour cueillir Davos, ce ne serait pas de la sucrette. Deux solutions s'offraient ; la finesse et le déploiement massif des forces.

Avec la finesse, on économisait des vies humaines et aucun guetteur n'alerterait les gangsters. Seulement, il fallait du temps pour travailler en douceur. Le commissaire Blot prétendait qu'un système intelligent s'échafaudait aussi vite qu'une expédition style rhinocéros. Mais il n'était pas là.

Vanel groupa six hommes et commanda deux voitures. Assis sur le bord d'un bureau, il imprimait à sa jambe un mouvement de balancier. Il se disait que Stark n'ouvrirait pas à un ou plusieurs inconnus. Ni à un employé du gaz ; il ne se laisserait pas prendre à un piège de ce genre. Une fois Stark maîtrisé, il le transformerait en bouclier et on dénicherait Davos sans risque, ou presque.

Le type qui venait de le vendre n'était pas un mouton classique. Ce n'était qu'un homme animé d'une frousse sensationnelle. Il y avait de quoi. Davos n'était pas content, et on savait de quelle façon ça se traduisait. Il y en aurait pour tout le monde, police comprise.

---

1. Service anthropométrique.

À l'aide de six hommes, Vanel projetait d'occuper la loge de la concierge, de contrôler l'entrée de service. Inutile d'être cinquante pour s'engouffrer chez Stark, puisqu'on ne pouvait y pénétrer qu'un par un.

Il donna l'ordre du départ. La petite troupe devait se diviser, utilisant les deux entrées du passage d'Oisy. Celle de la rue d'Armaillé et celle de l'avenue des Ternes. D'un côté comme de l'autre, les ordres étaient d'abandonner les voitures avant.

Vanel emprunta l'issue de l'avenue des Ternes. La loge de l'immeuble en question était à droite. Le couloir était désert.

Il ouvrit la porte vitrée sans frapper. Au bruit, la concierge émergea d'une minuscule cuisine attenante. Elle vit trois hommes qui se serraient déjà sur la gauche pour laisser le passage à quatre autres.

— Qu'est-ce que c'est ? balbutia-t-elle.

— Inspecteur principal Vanel, dit-il en ouvrant son porte-cartes. Un nommé Éric Stark habite l'immeuble ?

— Oui, monsieur.

Sa peur s'estompait.

— Seul ?

— En général, oui. Y a bien des femmes qui viennent de temps en temps, vous savez ce que c'est...

— Et un homme, assez grand et large ?

Il sortit une photo d'Abel, beaucoup plus jeune que maintenant.

— Il me semble, oui. Mais c'est pas sûr, pour ce qui est de la photo. Pour le reste, j'ai vu un de ses amis grand et fort.

— D'après vous, ils sont chez eux ?

— Pourrais pas vous dire. Ils sont pas très causants, vous savez.

— On s'en doute. Escalier de service ?

— Non, monsieur.

— Quel étage ?

— Deuxième à gauche, plus une chambre de bonne comme pour chaque appartement.

— Mes hommes vont attendre ici, avec vous. Mettez une pancarte sur votre porte pour signaler votre absence, et n'ouvrez à personne.

Vanel rejoignit l'avenue et téléphona du bar le plus proche. Monique n'était pas dans son établissement. On lui donna le numéro du domicile et elle répondit. Elle s'était couchée tard et se levait à peine.

— Je m'excuse de vous déranger, mais je suis le commissaire de police du neuvième, et il est arrivé un accident à une de vos relations.

— Ah ! fit-elle seulement.

— Un nommé Éric Stark, demeurant passage d'Oisy. J'ai relevé votre adresse et votre téléphone sur un carnet.

— Est-ce qu'il est... ?

On l'entendait mal. Il sembla à Vanel qu'elle ressentait une forte émotion.

— Suicide, madame. Il respire faiblement.

— C'est atroce, je peux venir ?

— Bien entendu. Nous laisserons le malheureux chez lui et je vous attendrai devant l'immeuble. Êtes-vous loin ?

— Je suis en voiture. J'arriverai dans une vingtaine de minutes.

— Merci, madame, et croyez que je suis navré...

Nous faisons tout ce que nous pouvons en ce moment.

Elle avait coupé. Il ne restait qu'à attendre. Il retourna auprès de ses hommes.

— On montera dans vingt minutes, dit-il. Restez là, je vais jeter un coup d'œil.

Il s'engagea dans l'escalier. Au deuxième, il colla une seconde l'oreille contre la porte de Stark. Il ne perçut aucun bruit. À droite de la porte, il était impossible de se dissimuler. À gauche, on le pouvait, car le couloir se prolongeait, et d'autres portes ouvraient sur ce couloir.

Si Monique voyait des hommes plantés à cet endroit, elle refuserait sans doute de sonner. Il redescendit chez la concierge et désigna quatre inspecteurs pour se poster, entre le troisième et le second, de telle manière qu'il soit impossible de les voir du palier du second.

Son attente, sur le trottoir, fut de courte durée. Une petite MG blanche, décapotable, stoppa devant l'immeuble. Une fille blonde, à la mine défaite, en descendit. Vanel s'inclina, en exhibant sa carte.

— Ils l'ont ranimé. Venez, j'ai laissé quelqu'un là-haut.

— Qu'est-ce qui lui a pris ? gémit-elle. Tout ça pour cette garce !

Vanel ne releva pas l'allusion. Il réfléchissait à ce qui se déclencherait d'ici trente secondes. Il sonna longuement.

— Tiens, murmura-t-il, qu'est-ce qu'il fabrique ? (Il insista.) J'ai laissé un homme qui a dû s'endormir, nous sommes tous fatigués, s'excusa-t-il.

Bientôt, un bruit léger, une sorte de glissement, se fit entendre. Dans un geste naturel, Vanel s'effaça. Monique demeurait seule dans le champ de vision. Stark fit jouer les verrous, après une seconde d'hésitation. Monique avait une tête de cauchemar. Il se passait quelque chose dont elle venait l'aviser. Il remit l'automatique dans la poche de sa robe de chambre.

Dès que la porte s'entrebâilla, Vanel se rua. Monique fut jetée sur le côté, et Stark eut la surprise de recevoir le battant en pleine face.

— Bouge pas, dit Vanel en lui appliquant son arme contre la hanche.

Les hommes descendirent la moitié de l'étage, en trombe.

— Où est Davos ? souffla Vanel.

Stark le regarda sans répondre. Ils pénétrèrent dans le salon en le poussant devant eux. Monique, hébétée, remuait la tête de droite à gauche.

Stark, les poignets fixés derrière son dos par les menottes, la regarda longuement.

— Éric, je te jure ! Éric, crois-moi, je t'ai pas donné ! Éric, écoute-moi !

— Ça va, coupa Vanel. On va visiter les lieux.

Il se colla derrière Stark et continua à le pousser.

— Davos, rends-toi ! dit-il à voix haute.

Il le répéta deux ou trois fois.

Mais force lui fut de constater que le local était vide.

— Tu as une chambre de bonne, à ce qu'il paraît ? dit-il.

— J'ai rien, je ne sais rien, j'ai rien à me reprocher. J'attends qu'on m'explique.

— On causera chez nous, assura Vanel. Alors, tu t'es payé une virée dans le Midi ?

— Si vous écoutez tous les ragots !

— Enfin, on verra tout ça.

— Y a qu'à y aller, proposa Éric qui avait hâte de les éloigner de l'immeuble.

— Et avant, on va grimper dans ta chambre du haut, histoire de se dérouiller les jambes.

— J'en ai pas, fit-il.

— Allez chercher la concierge, ordonna Vanel.

En attendant, ils sortirent sur le palier. Stark pensa qu'ils avaient cerné la maison. Une foule d'idées, de suppositions se bousculaient dans sa tête. Il tenta de les chasser. Qu'importait à présent de chercher le nom du mouchard ? Seule, la vie d'Abel méritait l'attention.

Ses yeux rencontrèrent ceux de Monique. Elle ressemblait à un animal aux abois. Le regard de Stark était glacial. Il se concentrait pour l'action.

— Éric, gémit-elle, crois-moi ! Ils m'ont trompée, ils m'ont dit que...

Un inspecteur lui mit une main sur la bouche.

— Fermez-la ! ordonna-t-il.

La concierge était arrivée. Elle indiqua la chambre de bonne. Elle parlait en baissant la tête.

— Allez, on monte, décida Vanel.

Stark n'avait aucune chance de fuir, ce qui ne l'empêcha pas de se jeter dans l'escalier, vers la descente. Dans un réflexe incontrôlé, Vanel tira. On vit le corps basculer et rouler sur les marches. Un cri déchirant monta dans l'immeuble, aussitôt après la détonation.

— Assassins ! Assassins ! hurlait Monique.

Ils essayèrent de la maîtriser. Elle mordit jusqu'au sang la main qui tenta d'étouffer ses cris. Elle se traîna sur le sol, vers le corps de Stark.

— Ils l'ont tué ! Ils l'ont tué. A-ssa-ssins. A-ssa...

Elle se mit à bégayer et s'écroula, finalement vaincue.

Le coup de feu avait réveillé Abel. Assis sur le lit, il guettait, nerfs tendus. Les hurlements de Monique s'élevèrent jusqu'à lui. Il s'habilla avec une rapidité digne d'un numéro de music-hall, et sortit dans le couloir, la mitraillette à la main.

Son étage était désert, tous les domestiques travaillaient. Il gagna l'extrémité du couloir et se pencha avec précaution au-dessus de la cage de l'escalier. Il distingua des allées et venues. Le bruit des pas, des voix d'un grand nombre de gens en déplacement, se situait entre le second et le premier. Le chemin était barré. Les flics chez Stark ? Un tapage pareil n'était pas le fait d'autres truands. Il n'y a que la loi pour s'offrir un tel luxe.

Soudain, il vit des silhouettes s'élancer dans l'escalier. Il se rejeta en arrière. Vanel et trois hommes venaient quand même.

L'épaule en protection contre l'angle, il attendit. Il allait faire un échange. Sa peau contre combien ? Au cinquième, ils ralentirent. Vanel jouait la carte. Il jugeait que Davos n'était pas obligatoirement réveillé.

Abel envoya une rafale qui fit sauter le plâtre à deux pouces de la tête du flic. Et il recula sur la pointe des pieds jusqu'à sa chambre. Il ferma la porte à clé, sans bruit, ramassa son argent, ses flingues, enveloppa la mitraillette dans son imperméable, la suspendit par la courroie autour de son épaule et sortit par la fenêtre.

Aucun des flics n'oserait franchir, à découvert, la moitié d'un étage en pensant à la sulfateuse d'Abel. Ils iraient chercher du matériel d'abord, et là, il serait trop tard.

Il alla de fenêtre en fenêtre, jusqu'à l'échelle de fer. Il empoigna le premier degré et descendit dans le puits formé par la cour intérieure.

Mais son instinct lui conseilla de ne pas descendre jusqu'au bout. De nombreuses fenêtres étaient ouvertes. Les crampons de fer longeaient celles des cuisines de chaque appartement d'un immeuble mitoyen. Il s'agissait d'un meublé, chambre et cuisine ; on y accédait par l'avenue des Ternes.

Il s'arrêta, se pencha sur sa droite à la hauteur du quatrième. Une femme épluchait des légumes dans une cuvette. Il la voyait de profil. Il allongea la jambe, la posa sur le rebord de la fenêtre, s'agrippa au mur, à l'intérieur de la pièce, et sauta sur la femme avant qu'elle ne profère un seul son. Il la tenait par le cou, une main sur sa bouche.

— Tu es seule ? souffla-t-il.

Elle secoua sa tête rousse, d'abord pour dire oui, ensuite pour dire non. Ne sachant à quoi s'en tenir, il sortit un flingue, celui qu'il portait sur l'aine, et la poussa hors de la pièce.

CHAPITRE XI

Éric Stark gisait à l'hôpital entre la vie et la mort. Le récit de son arrestation s'étalait en lettres grasses sur la première page des quotidiens.

Dans la petite salle à manger de ses amis, Liliane, les yeux agrandis, fixait l'information.

— Mon Dieu..., balbutia-t-elle.

Ses amis la regardèrent. Elle ne leur avait pas donné de détails sur l'homme qu'elle fuyait, mais ils n'étaient pas complètement idiots.

— Il faut faire quelque chose, dit-elle encore.

Les amis, chez lesquels Liliane habitait, étaient jeunes. Ils commençaient à se tailler une petite place dans le monde du cinéma. Ils avaient connu Liliane au Conservatoire.

— Si tu nous expliques, on t'aidera, dit le garçon.

Elle leur expliqua et s'en trouva soulagée.

Dans les jours qui suivirent, elle prit contact avec le secrétaire d'un grand avocat. Le grand était parti en vacances, mais le petit besognait toujours. Il connaissait les amis de Liliane et se renseigna aussitôt.

Éric paraissait devoir s'en tirer. La balle du flic avait traversé la base du poumon. Il avait perdu beaucoup de sang. Il dépendait encore de la police criminelle et reposait sur un lit, dans une cellule plus petite qu'un compartiment de chemin de fer, à l'Hôtel-Dieu, salle Cusco, sous les toits.

Stark dépendait du directeur du Dépôt. L'avocat pensait qu'en raison des vacances judiciaires d'août, le juge d'instruction ne serait pas immédiatement désigné. Ce qui faciliterait les permis de visite.

Il intrigua un peu, et Liliane se trouva munie d'un visa. Elle allait voir Éric. Non pas à travers des grilles, mais dans cette petite pièce que l'avocat décrivait. Les journaux parlaient de lui comme du lieutenant d'Abel Davos, qui courait toujours.

Ils reprenaient l'histoire depuis le début. C'était énorme et, en ce qui concernait l'action des gangsters à Paris, c'était plutôt confus. Il y était question du sacrifice de Stark, risquant sa vie pour avertir Davos, dont on avait retrouvé la chambre vide.

— Il n'a rien fait, répétait souvent Liliane, il l'a seulement aidé.

Le dossier n'était pas encore constitué ; les charges qui pèseraient contre Stark ne se discuteraient qu'en septembre, dans le bureau du juge instructeur.

— Pour avoir piloté l'ambulance, il ne risque pas grand-chose, assurait l'avocat.

À son avis, il y avait peu de chances pour que Liliane, aperçue cinq secondes, déguisée en infirmière, puisse être reconnue par un brigadier avouant lui-même que la chose lui serait impossible.

Elle devait voir Éric un début d'après-midi. Le matin, elle se rendit à Arcueil. Jacqueline, la sœur de Chapuis, ne quittait pas les enfants une seconde. Les journaux reproduisaient des photos de Davos. Elles dataient, ce qui n'empêcherait pas Hugues et Marc de reconnaître leur père.

— Je me demande combien cela va durer encore, murmura-t-elle.

Liliane la trouvait fatiguée. Elle savait qu'Éric était venu parler d'elle à Jacqueline.

— Il n'a pas à s'inquiéter, dit-elle. Je connais Davos depuis trente ans. Il ne dira jamais rien et Stark doit s'en sortir.

— Vous croyez qu'ils le prendront ? demanda Liliane.

Elle avait un peu honte de poser une question pareille.

— Je ne sais pas. Ils ont perdu la trace, mais ça m'étonnerait qu'ils l'arrêtent vivant. Mon frère dit la même chose. (Elle regarda Liliane dans les yeux.) Vous savez qu'on l'aime beaucoup, et j'étais une amie de sa femme, et la pauvre femme de mon frère, c'était une sœur pour Thérèse. Oui, on l'aime beaucoup. Mais, avec mon frère, on trouve que, pour les gosses, ça serait mieux qu'il disparaisse.

« Disparaître ! Qu'est-ce que cela veut dire ? Voyager ou mourir ? Mettons un très long voyage. »

— Je le crois aussi, dit Liliane.

— On attendra deux ou trois ans, et puis les gosses reprendront leur identité. Ils s'intégreront dans la vie. Ce n'était pas de leur faute.

Ils jouaient dans le jardin, on entendait le bruit de leur course.

— Premier ! cria Marc.
— Restez déjeuner avec nous, proposa Jacqueline.
— Merci, je veux bien. Je partirai aussitôt après.

Les gosses lui demandèrent des nouvelles d'Éric. Il les avait comblés de cadeaux, mais celui qu'ils préféraient, c'était le camp d'aviation, acheté à Nice. Il s'était passé tellement de choses depuis, qu'on perdait la notion du temps. Trois mois, ou des années ?

On leur disait qu'Abel était en voyage. Ils ne parlaient plus de leur mère, ni d'oncle Ray. Lorsque Abel se cachait avec ses enfants dans le Midi, il avait préféré leur dire la vérité. Thérèse et Raymond étaient morts, personne ne les verrait plus. Sauf à la fin de la vie, après notre propre mort. Les enfants croyaient que les morts se retrouvaient et vivaient entre eux, définitivement.

— Je vais voir Éric, il viendra bientôt, assura Liliane en les embrassant.

Jacqueline l'accompagna au seuil de la grille.

— Ils vous aiment beaucoup, dit-elle.
— Moi aussi. On dirait qu'ils ne sont pas comme les autres. Nous ne les laisserons jamais, n'est-ce pas ? Je vous aiderai. Mon travail marche bien. Nous les élèverons, n'est-ce pas ? Dites-moi qu'ils ne les prendront jamais.
— Jamais, murmura-t-elle. Et ce seront des hommes libres.

Ses lunettes s'embuaient.

Elles s'embrassèrent dans un élan du cœur et Liliane se mit en marche vers son amour.

Elle arriva enfin. Une lourde porte percée d'un judas signalait l'entrée de la salle. Ensuite, un petit poste de garde et une grille. Elle était ouverte. Liliane avait le cœur dilaté ; elle regardait intensément les gardiens, revêtus d'une blouse blanche, et le couloir en bordure duquel s'alignaient les portes des cellules.

Éric était tout près, derrière une de ces portes. Elle allait le voir ; comme il avait dû souffrir ! Elle suivit l'homme qui tenait son visa. Elle était jolie, dans une robe d'été, et le gardien n'était qu'un homme. Il ouvrit la porte de la cellule cinq, sur la gauche, et s'effaça.

Elle demeura une seconde sur le seuil. Le visage creusé d'Éric se détachait sur l'oreiller. Au bruit, il avait tourné son visage qui reposait sur une joue. Elle sentait qu'elle allait pleurer.

— C'est toi ? murmura-t-il.

Elle fit oui, avec la tête, sans bouger de place, et sentit le gardien qui la poussait doucement. Elle alla jusqu'au lit, s'assit et se laissa brusquement tomber sur l'épaule d'Éric.

Elle ne pouvait que pleurer. Il lui caressait les cheveux de toute sa main.

— Tu es venue, dit-il encore.

Elle releva un peu la tête, et leurs lèvres se joignirent, naturellement, sans se chercher.

— J'étais si inquiète.

— C'est fini, ça va s'arranger... (Et, dans un souffle, il demanda :) Et Bill ?

— Libre.

Ses lèvres formèrent juste le mot.

Une onde de joie circula dans les veines de Stark. Il avait retrouvé son amour, il guérissait, et son ami vivait, libre.

— Mes neveux vont bien, dit-elle. Ils m'ont demandé de tes nouvelles. On ne t'oublie pas si vite que ça.

Elle souriait.

Elle avait retrouvé son équilibre. Sa vie était là, avec Éric.

— Ça ira, répétait-il.

— Bien sûr, tu n'as rien fait, Éric, et on prendra un bon avocat. On m'a dit qu'après deux ou trois instructions, tu pourrais sortir. Tu n'as ni tué ni volé.

Il savait que ce n'était pas très exact, mais comme ils ne pourraient jamais établir qu'il avait tué et volé, ça revenait au même.

— Oui, dit-il. Ils n'ont rien contre moi.

Il avait détruit le flingue avec lequel il avait tué Gibelin et aucun témoin visuel ne surviendrait. Abel ne parlerait jamais. Ceux de l'agence Saint-Lazare non plus ; ils avaient reçu l'argent. Ils étaient mouillés et morts de peur. Il avait pensé à Riton de la Porte. C'est lui qui avait dû les balancer, après la mort de Fargier.

Abel s'en occuperait, et Riton arrêterait soudain de payer des impôts. Éric comptait nier tout en bloc, le voyage à Nice et le reste. Et on verrait bien.

— Mon travail marche bien, expliquait Liliane. Je fais un peu de cinéma, j'habite à Paris.

— Je t'ai cherchée longtemps, murmura-t-il.

Elle lui mit une main sur la bouche :

— Chut ! le passé est mort.

— Tout le passé ?

Le sang chauffa un peu ses pommettes.

— Non, pas tout, tu sais bien...

— Occupe-toi de l'appartement. Ils ont dû mettre les scellés, mais ils les enlèveront. Tu habiteras chez moi et tu prendras la voiture. Et je ne veux pas que tu te tourmentes. S'il faut, je te ferai des papiers. (Il la regarda plus précisément.) Tu es belle, tu sais !...

Elle se pencha encore.

— Je t'aime, Éric.

— Moi aussi, mais je l'ai déjà dit, il me semble ?

— Ça va être l'heure, dit le gardien.

Ils s'embrassèrent tant et plus et se dirent un tas de petites choses.

— Je reviendrai, dit-elle.

Elle revint deux fois, avant de partir au pays basque, où l'attendait un rôle moyen dans un film. Les flics trouvaient que ce gangster avait bien de la chance, du moins en amour.

— Écoute, dit-il un jour. J'ai réfléchi. Je crois que je peux faire autre chose.

Elle ne lui en avait pas reparlé, mais elle espérait ces paroles de toutes les fibres de son être.

— Vrai ?

— Vrai ! Je peux. Et on sera bien tranquilles.

Elle était payée de tout. Et d'avoir prononcé cette phrase, il se sentait stable, protégé. Ses forces physiques revenaient. On allait le transférer à la maison d'arrêt de la Santé, et Liliane partait pour un mois. À son retour, l'instruction serait ouverte. Plus il y réfléchissait, plus il se disait qu'on ne pourrait rien retenir de sérieux contre lui.

La vie était bonne. La balle de Vanel l'avait épargné. À la dernière visite de Liliane, ils échafaudèrent des projets, dans le calme du cœur et de l'esprit. Ils parlaient d'Abel à mots couverts, sans le nommer.

— Il va s'en tirer, disait Éric. En Amérique du Sud, il y a de jolis coins.

Elle ne répondit pas, et il se demanda jusqu'à quel point elle souhaitait qu'Abel continue à vivre.

— Nous sommes heureux, murmurait-elle souvent. Et c'était vrai.

L'automne, précoce, abattait ses premières feuilles. Il pleuvait chaque jour, des heures durant, et l'humidité perlait le long des murs de l'appentis où Abel se cachait. Il était sorti sans mal de l'hôtel meublé, avenue des Ternes. Jeannot Martin l'avait recueilli, spontanément.

Depuis des années, il louait, sous un faux nom, un local, au fond d'une cour, dans un immeuble pauvre du quartier Jussieu. Ça rendait service pour entreposer certains objets. Il y avait un lit de fer et des meubles branlants ; Abel n'était pas le seul à les avoir utilisés.

Ils convinrent de se voir tous les deux jours, à onze heures du matin, sur le quai du métro, au Châtelet, ligne numéro sept en provenance de la porte d'Ivry. Jeannot était prié de brouiller la piste avant de s'y rendre ; Abel pensait que Riton de la Porte avait bifurqué.

Trois hommes seulement savaient que Stark était susceptible de planquer Abel : Fargier, Jeannot et Riton. Fargier en avait terminé avec les ennuis en général. Jeannot n'était pas soupçonnable.

Il ne restait que Riton de la Porte et, par un extraordinaire hasard, il ne venait plus au bar. Jeannot le cherchait activement. Il fallait patienter.

Abel vécut de sombres jours, ne sachant si Éric vivrait. Dès qu'il le sut hors de danger, il songea à le tirer d'affaire. Il connaissait l'emplacement de la salle Cusco. Mais la faiblesse physique de Stark réclamait certains délais. Jeannot conseilla d'attendre la tournure des événements. On devait d'abord juger des charges maintenues contre lui.

L'avocat de Jeannot était de premier ordre. Abel donna deux cent mille francs à son ami pour assurer les premières démarches et installer une solide défense.

Sur les huit cents billets soutirés à Gibelin, il en avait envoyé quatre cents à Chapuis. Il lui en restait une centaine. Il calcula que Chapuis devait posséder au moins cinq cent mille francs d'avance, au service des enfants.

— On est là, non ! lui répétait sans cesse son ami au téléphone. Jacqueline, c'est comme s'ils étaient à elle. Tu devrais partir, Bill, même avec peu, ce serait plus prudent.

Il ne pouvait s'y résoudre. Il demanda une dingue et deux cales[1] à Jeannot et, paisiblement, commença de méthodiques cambriolages de chambres de bonnes. Le champ était vaste. Avec la crise du logement, beaucoup de personnes logeaient sous les toits.

Dans la journée, c'était calme. Les escaliers de service étaient moins défendus par les concierges que les

---

1. Matériel pour forcer les portes sans s'attaquer aux serrures.

escaliers principaux. Une chambre était vite retournée, et ces gens-là ne plaçaient pas leur argent de roulement à la banque.

Abel se sentait replongé très loin en arrière. Il avait commencé à voler dans ces conditions. Pas longtemps, juste pour s'enhardir. Ça lui déplaisait de dépouiller ceux qui vivaient péniblement, mais entre leurs soucis et son besoin vital, il n'hésitait pas.

Jeannot était disposé à tenter une affaire consistante avec son ami. Abel préférait pour l'instant que Jeannot cherche la planque de Riton. Si son destin était de vivre très vieux avec un pavé sur la langue, il aurait dû le mettre en place un peu plus tôt.

— J'ai juste trouvé l'adresse de l'hôtel, dit Jeannot. Tu sais qu'il en avait marre de la tronche des truands. Sa femme tient l'hôtel dans un quartier bien. Il y est pas en ce moment.

— Elle doit savoir où le pêcher, fit Abel.

— Sûrement. J'en reviens pas que ce mec se soit barré comme ça.

— On s'est gourés. On aurait dû le flinguer le premier et l'autre ensuite. L'autre, il serait resté pour essayer de donner le change. Tu repères bien le coin, tu me files les heures et si on ne peut pas passer par une cour et rentrer par une fenêtre. Tu vois ? En cinq minutes, elle me dira où cet enfoiré planque ses os.

Jeannot n'avait pas une grande personnalité, et Abel l'avait toujours dominé. Ça ne changeait pas. Il procura les détails précis et même une idée, qu'Abel adopta aussitôt.

— Ce soir, on aura l'adresse, affirma ce dernier.

Il n'aurait pas à pénétrer dans l'hôtel. Avec l'idée

de Jeannot, il la cueillerait dehors. À neuf heures, l'avenue Mozart autorise certaines fantaisies.

Il se réserva une marge d'avance et décida de dîner à Auteuil. Un homme en fuite doit flâner dans les quartiers bien fréquentés. La bonne société, ça protège. Sa ligne était directe jusqu'à Michel-Ange-Auteuil.

Il acheta *Paris-Match, l'Aurore, le Parisien libéré*, les plia sous son bras et pénétra dans un charmant petit bar-restaurant.

Il s'installa dans un angle, commanda un apéritif et déplia un journal. La première chose qu'il vit fut un rectangle imprimé en caractères gras et bordé d'une ligne épaisse.

Sophie, la femme de Rara, était morte. On l'avait supposée hors de danger, puis elle était retombée de syncope en syncope. Elle s'était éteinte en fin de matinée. Les médecins estimaient que l'émotion, la nuit de l'assassinat, jointe aux brutalités dont elle avait été victime, étaient les seules causes. Elle aurait pu vivre longtemps comme beaucoup de malades du cœur qui se soignent et durent.

Abel déplia fiévreusement l'autre journal. Un médecin déclarait que, pour lui, aucun doute ne subsistait. L'assassin de Fargier avait la mort de Mme Fargier sur la conscience.

On brodait, on imaginait. La bestialité de Davos sautait aux yeux. Mais du coup de téléphone aux pompiers, aucune trace, pas la moindre allusion.

Au bas d'un des articles, une petite phrase s'incrusta dans le cerveau d'Abel : *Qu'il l'ait voulu ou non, cette femme est morte de sa visite nocturne.*

— Ils ne savent pas, ils ne savent rien, murmura-t-il en passant la main sur ses yeux.

Sophie ! Sophie, et son amour pour Rara...

— Ne le laissez pas là-bas, monsieur Abel, ne le laissez pas, je vous en supplie.

Elle s'agrippait à lui, elle glissait presque à genoux.

— Des femmes comme ça, avait-il dit, ça ne court pas les rues.

Aujourd'hui, elle était morte. Morte de sa visite. « J'ai pas voulu ça, j'ai pas voulu », mais elle était morte quand même. Morte de ses lourdes mains posées sur elle, des liens dans les chairs, des coups de flingue. Morte, d'avoir entendu mourir Rara, son unique amour, tout près, dans leur salon. Et elle avait dû se tordre sur le lit.

Abel repoussa les journaux qui tombèrent sur le sol, mit une coupure sur la table et sortit dans la nuit naissante. Son instinct lui disait que Sophie n'avait jamais été contre lui, et ça lui donnait envie de se foutre à la flotte.

Il marcha tout droit. Il se sentait lourd et vague. Bientôt, les maisons cessèrent ; un grand espace s'ouvrait. La Seine. Il longea les quais et s'arrêta pour considérer l'écoulement de l'eau noire.

Riton vivrait ; sa femme ne courait plus aucun danger. « Qu'ils vivent, pensa Abel, comme auraient dû vivre Thérèse, Sophie et tous les autres. » L'image du jeune motard monta des pierres de la berge, pareilles aux pierres du chemin qu'il avait jetées sur lui. Il était tombé sur le moteur de la Fiat, étonné que cette mort soit venue si vite dans sa vie, près de la mer, sous le soleil de son pays.

Abel reprit sa marche incertaine. Il n'eut même pas envie de prévenir Jeannot. La femme de Riton sortirait, comme prévu, et rentrerait, un peu étonnée. Elle ne saurait jamais à quel danger elle avait échappé.

Quand elle lirait la mort de Sophie, elle ne comprendrait pas qu'elle était morte à la place de Riton. Chacun passe à côté de tellement de choses qui le concernent, dans la vie...

Abel se jeta sur son lit misérable, dans son décor de briques apparentes et de plafond humide.

Jeannot le retrouva le lendemain vers midi. Ne le voyant pas au rendez-vous, il avait poussé jusqu'à Jussieu.

— Alors ? s'inquiéta-t-il.

— Alors, rien, grimaça Abel. J'abandonne, je sais plus où j'en suis...

Il ne s'était ni lavé ni déshabillé. Son ami n'osait pas dire un mot, pétrifié par ce changement.

— T'as vu Sophie, la pauvre môme ! J'ai traversé deux pays pour la buter. Tu te souviens de rien, toi ?

— Ça dépend, fit Jeannot.

— Ouais ! comme tu dis, ça dépend.

Il se leva un peu hagard et posa la main sur l'épaule de son ami.

— On va se quitter, vieux ! Je vais envoyer ce qui me reste à Chapuis, et ça s'arrête là.

— Qu'est-ce que tu vas faire ? murmura-t-il.

— Sais pas. Pour les gosses, c'est mieux que ça finisse. Tu te rends compte d'une ardoise ! Tous ! t'entends ! tous ! Ceux que j'aimais pas et ceux que j'aimais, ils y passent tous. Que je veuille ou pas, ils y passent...

Jeannot ouvrait de grands yeux.

— Mais qu'est-ce que t'as à m' regarder comme ça ? gueula Abel, tu vois pas que j' suis maudit, non ! Tu vois pas que j' suis au bout ! Qu'ils auront plus qu'à se baisser et à renifler le raisiné pour me sauter ! Tu vois pas les signes ! Les signes, ceux qui trompent pas ! Tu les vois pas ?

Il avait les yeux jaunes avec des filets rouges, et Jeannot recula lentement.

— C'est ça, fous le camp ! C'est ce que tu as de mieux à faire !

— Bill..., tenta Jeannot sur le pas de la porte.

— Y a plus de Bill, y a plus rien. Fous le camp, j' te dis ! T'as compris : fous le camp !

Une fois seul, il s'assit et passa des mains hésitantes sur sa barbe.

— Et voilà, fit-il au bout d'un long moment.

Le calme redescendait en lui. Il procéda à une toilette rapide. Il voulait se rendre à Clichy, au magasin de Chapuis, dire adieu. Et peut-être se dissimuler près du domicile de son vieux père, pour le voir encore une fois, de loin.

Il laissa la mitraillette. Il achèterait une valise et viendrait la récupérer. Il prit la dingue et les cales ; ce n'était pas très encombrant et puis, dans une existence hasardeuse, les moindres occasions étaient bonnes.

Au début de l'après-midi, il trouva Chapuis au magasin. Ils se parlèrent dans le petit atelier du fond. Abel écouta. Il ne conserva que cinquante mille francs et fut contraint de se fâcher pour que son vieil ami accepte la poignée de billets qui restait.

— Je donnerai des nouvelles, promit-il.

— Bill, les petits, c'est comme les miens. Ceux qui les connaissent les aiment. La fille de Stark, tu sais, cette comédienne ?

— Oui...

— Elle fait du cinéma et maintenant elle joue à Paris dans un grand théâtre. Les gosses l'adorent. Elle vient souvent voir Jacqueline et il paraît que Stark va s'en tirer de première. Il nie en bloc, on peut pas l'accrocher.

— Ah ! fit Abel.

Et une grande paix étaya son corps massif.

Ils s'étreignirent et il se perdit dans la foule, en direction de la Fourche. Son père habitait rue Legendre. Cependant, Abel ralentit de plus en plus et s'arrêta devant la vitrine d'un marchand de chaussures.

Les reflets du verre renvoyaient sa silhouette, sa solitude d'homme fatigué. Combien son père devait l'être aussi, vieux et fatigué ! Et seul. Les flics le suivaient pas à pas. Abel souhaita qu'il soit trop âgé pour s'en apercevoir. Il renonça à son désir d'essayer d'emporter de lui une ultime vision et reprit le chemin de la place Clichy.

Il réfléchissait mieux en marchant, et il n'avait rien à faire de plus urgent que de trouver une ligne de conduite.

Il s'engagea rue de Miromesnil, avant l'arrivée du boulevard Haussmann. Là, il tomba sur un attroupement autour d'un accident. Un cycliste qui avait renversé une femme. La concierge de l'immeuble situé en face était sortie. Elle demeurait encore dans l'axe de sa porte, en pantoufles.

Il en profita pour pénétrer dans l'immeuble, d'un aspect bourgeois de bon augure. Il grimpa les six étages. Le couloir était silencieux ; il considéra les portes et introduisit sa dingue pour fracturer la troisième sur sa gauche. Une porte peinte à neuf. Une fois dans la pièce, il repoussa le battant. C'était gai, bien tenu, avec des cretonnes pimpantes. Une femme vivait certainement là.

Il commença la fouille, sans bruit. Bientôt, un voisin sortit de sa chambre et boucla sa porte. Abel s'immobilisa. L'homme se trouvait à la hauteur de la pièce cambriolée.

— Pauline ! appela-t-il. (Il frappa légèrement à la porte, puis assez fort.) Pauline !

Abel était plaqué contre le mur, le flingue à la main. La porte ne fermait plus à cause de l'effraction. Elle n'était qu'appuyée. L'homme la tira et la serrure se détacha en partie.

Il en était là de sa stupeur, lorsque Abel le happa par le veston et le jeta sur le lit de la chambre.

— Pas un bruit ! dit-il.

Il s'agissait d'un garçon de café, en veston noir.

— Pauline, balbutia-t-il.

— C'est pas elle, tu vois bien !

— Pitié, monsieur, gémit-il.

— Tant que tu voudras si tu es sage. Ne bouge pas d'un pouce. Sinon...

Il leva son arme.

Un tremblement significatif agitait les mains du client. Plus tard, à la police, il aurait de quoi arranger ça à sa manière.

Abel recula et sortit. Il dévala les étages, ralentissant au dernier.

Déjà, dans la cage d'escalier, on criait :

— Arrêtez-le ! Au voleur ! Au voleur !

Parvenu au rez-de-chaussée, il avisa une bicyclette, masquée par une poussette d'enfant. Il écarta la voiture, mais elle s'accrocha au pédalier. Il abandonna à la seconde, et sortit.

L'attroupement de l'accident était dissipé. Il avait rentré son arme. Il traversa le boulevard Haussmann, évitant de s'engager dans la ligne droite. On criait encore derrière lui.

L'autobus 43 coupait la rue de Miromesnil et remontait la rue de la Boétie. Abel prit son élan. La voiture, d'un modèle ancien, comportait une plateforme. Il hésita à sortir son arme, les cris pouvant s'adresser à un autre que lui. L'arme à la main, c'est la guerre ouverte. Il n'osait plus.

Il ne vit pas le geste du marin-pompier, debout sur la plate-forme et, à la seconde où il saisissait les montants du bus, un choc, en pleine face, le rejeta en arrière. Il tourna sur lui-même, et s'abattit dans un râle de douleur.

Le pompier sauta du bus, le ceinturon à la main, la lourde boucle pendante. Abel avait le visage ensanglanté, l'arcade ouverte, l'œil tuméfié.

— Il était armé, il était armé ! glapissait le loufiat.

Sa petite amie tenait tellement à ses affaires, qu'il avait puisé le courage de signaler Abel. Pitié ! d'abord, et ensuite la cavalcade.

Les gens s'agglomérèrent autour du corps comme des corbeaux sur un terrain de camping, le lundi.

Personne ne savait rien et tout le monde parlait, suivant l'habitude.

Les uniformes écartèrent les gens, et la sirène de police-secours ne tarda pas. On embarqua le corps, le témoin et le marin. Les autres, ça leur fit quelque chose de rester sur le trottoir, mais un car de police, ce n'est pas une agence de voyages.

Abel fut soigné, fouillé et gardé à vue. Dès qu'il fut en état de répondre aux questions, l'inspecteur de service les lui posa. Ces commissariats vous débitent uniquement des questions. Ce sont des grossistes de la question.

Le condé téléphona l'identité d'Abel au sommier. La fausse, bien entendu. Il y était inconnu.

— Alors, jamais condamné ? fit-il.

— Jamais.

— Et ça t'a pris comme ça de cambrioler les bonniches ! Tu n'étais pas près de faire fortune.

— J'ai pas cherché ça. J'avais pas de travail.

— Tu n'as pas dû en chercher beaucoup.

Abel baissa la tête.

— Enfin, ils vont te nourrir et te loger à l'œil, c'est toujours ça.

— Combien de temps ? demanda-t-il humblement.

— Tu verras bien, c'est variable. Deux ans, trois, ça dépend. Où habitais-tu ?

— J'ai pas de domicile.

— Ah ! et tu travailles pour qui, d'habitude ?

— Ça fait longtemps que j'ai pas travaillé.

— Je vois. (Il examina les papiers étalés devant lui.) Tu es marié, avec des enfants ?

— On est séparés.

— Mais eux, où sont-ils ?
— J'ai plus de nouvelles.
— Bon ; mais la dernière fois que vous viviez ensemble, donne-moi l'adresse ?
— À quoi bon...
— Alors tu refuses ?
— Admettons.

Le flic se leva et approcha son visage de celui d'Abel.

— Ça va commencer, cria-t-il brusquement. Hein ! ça va commencer ? On est gentil, et voilà le résultat.
— Que se passe-t-il ? dit quelqu'un derrière eux.
— Bonjour, monsieur le commissaire, c'est l'agression de la rue de Miromesnil.
— Je sais, je sais. J'étais à la Criminelle. Ils veulent le voir. Embarquez-le immédiatement.

Abel évita le regard du commissaire, un petit homme incarnant le Français moyen. Son cœur battait. Les gens de la Criminelle faisaient vite.

On l'escorta étroitement. Son œil brûlait sous le pansement. Ses habits avaient essuyé la chaussée. Son corps était douloureux. Il n'espérait plus.

Dans la cour du quai, il eut l'impression que les regards le suivaient longtemps, derrière son dos. Il monta les étages, traversa des grandes pièces meublées de bureaux individuels, et on le conduisit dans un lieu moins fréquenté.

Il y avait deux hommes. Un, assis sur une chaise, l'autre, debout devant une grande carte de la capitale. La pièce était moins pauvrement installée que les autres.

— Détachez-le et laissez-nous, ordonna celui qui était debout.

Il indiqua une chaise à Davos. Âgé d'une quarantaine d'années, mince, il respirait l'intelligence.

— J'ai toujours pensé que l'agresseur des chauffeurs de taxi et le cambrioleur des chambres de bonnes ne faisaient qu'un.

Il parlait posément, avec simplicité. Il se retourna et planta un petit drapeau rue de Miromesnil.

— Et voilà, dit-il.

Abel s'aperçut qu'il y avait beaucoup d'autres petits drapeaux.

— Sur le cambrioleur, nous n'avions aucun signalement, mais sur l'agresseur des taxis, nous en avions. Même un peu trop. Tu es inculpé de ces agressions et de l'ensemble des cambriolages. C'est d'accord ?

— Je suis pas un professionnel, protesta Abel.

— Jamais condamné ?

— Jamais.

Sur un signe, le deuxième flic installa de quoi prendre les empreintes digitales.

— On s'est déjà renseigné au commissariat, dit Abel.

— Chacun se renseigne à sa manière, sourit le chef. Ensuite, vous le conduirez au dépôt, dit-il à son adjoint. À l'isolement, bien entendu.

Abel se retrouva en cellule, dans la pouillerie des couvertures utilisées par tout le monde, les vagabonds grouillants de vermine compris. Il n'absorba aucune nourriture et ne dormit pas plus d'une heure sur la planche de bois.

Le dépôt n'est pas équipé pour conserver les prisonniers plus d'une journée. C'est même une loi. On l'ignorait, et Abel connaissait des exemples où le type y avait croupi une bonne quinzaine. Le temps que la trace des coups reçus disparaisse.

Le lendemain, au milieu de la matinée, il se trouva en présence du même policier.

— Pas trop bien dormi, n'est-ce pas ? dit-il.

— Comme ça...

— Je suis le commissaire Blot, et, toi, tu es Abel Davos. Tu as changé, depuis les photos et avec ce bandeau sur l'œil, on s'y perdait. Les empreintes, cela diffère.

— Et alors ?

— Mais, rien de plus, voyons. Cela me paraît suffisant. Ils vont sans doute essayer d'établir une foule d'inculpations depuis l'Italie. Je trouve qu'avec les bagatelles qui datent de l'occupation, il y en a de reste. Tu ne crois pas ?

— Je ne crois plus rien, murmura Abel.

— Je vais te passer aux autres ; il y a une armée de témoins qui attendent. Je n'ai aucune question à te poser.

Abel le regarda, un peu surpris. Il est vrai qu'au point où il en était, ce flic ne risquait rien de faire des ronds de jambe.

Les choses se passèrent comme il l'avait annoncé. Abel fut incroyablement trimbalé dans tous les coins de la Criminelle. Il ne signa aucune déclaration, ne donna aucune confirmation. Il n'adressa pas la parole à un seul témoin. Il n'y eut qu'un accrochage, à la fin d'une journée. Un jeune flic qui prononça le mot de tueur en parlant à un collègue, juste derrière Abel, assis au centre de la pièce. Il se retourna sur sa chaise.

— Tu ne sais pas de quoi tu parles, dit-il seulement.

Et à côté de cette phrase, toutes les paroles de la soirée sonnèrent faux.

Les feuilles dactylographiées s'empilaient. On touchait au bout. Abel ingurgitait des sandwiches et vidait des bouteilles de bière. Du moment que Stark s'en tirait et qu'on ne trouvait pas les enfants, il ne se souciait de rien. Il n'était pas encore mort.

Un après-midi qui semblait être le dernier avant le transfert en prison, on lui laissa une paix royale au fond de la pièce, attaché par une menotte à un tuyau de chauffage. Il eut même la ressource de déplier un journal, abandonné à portée de sa main.

On y relatait le suicide de son père. Il s'était pendu, et le journaliste traitait Abel de parricide. Pendu, à cause du fils qui n'avait plus d'espoir.

Une crispation nerveuse tordit la bouche d'Abel, comme un tic. Il porta une main tremblante à sa bouche et ses doigts tâtonnèrent sur ses lèvres.

Il imagina le vieux, dans sa cuisine, tournoyant les pieds dans le vide. Et surtout quand il avait dû préparer la corde, avec ses dernières pensées. Le journal avait glissé le long de ses jambes.

— T'as pas vu mon canard ? demanda un flic.

— Il en avait un tout à l'heure, lui répondit-on en désignant Abel.

Le flic s'avança, vit le journal et le ramassa en silence. Abel semblait mort debout. L'autre recula vers ses collègues, le journal déplié à la main. C'était une dernière édition. Ses yeux tombèrent sur l'article.

— Hé ! fit-il doucement.

Et il tendit le journal aux autres.

Ils regardèrent Davos et on eût dit que le seul fait de respirer les gênait. Lorsque ses yeux se posèrent sur le groupe, ils eurent des gestes maladroits. Le plus vieux d'entre eux toussota pour s'éclaircir la gorge.

— Tu as besoin de quelque chose ? proposa-t-il.

Sa voix venait de très loin.

— Non, ça ira, répondit Abel.

Et il se sentait déjà en dehors de la course.

Comme il ne savait plus où poser son regard, il ferma lourdement les yeux en appuyant très fort sur les paupières.

DU MÊME AUTEUR

Aux Éditions Gallimard

Dans la même collection

L'EXCOMMUNIÉ, *n° 452*.
HISTOIRE DE FOU, *n° 475*.
MEURTRE AU SOMMET, *n° 866*.
LES RUFFIANS, *n° 1247*.
LE TUEUR DU DIMANCHE, *n° 1995*.

Dans la collection Folio

LE TROU, *n° 318*.
LES GRANDES GUEULES (LE HAUT-FER), *n° 463*.
LES AVENTURIERS, *n° 584*.
MON AMI LE TRAÎTRE, *1321*.
LE MUSHER, *n° 1810*.
LE DEUXIÈME SOUFFLE, *n° 2011*.

Chez d'autres Éditeurs

LES LOUPS ENTRE EUX
UN VENGEUR EST PASSÉ
TU BOUFFERAS TA COCARDE
IL AVAIT DANS LE CŒUR DES JARDINS INTROUVABLES

*Composition Nord Compo, Lille.
Reproduit et achevé d'imprimer sur Roto-Page
par l'Imprimerie Floch à Mayenne
le 11 août 1997.
Dépôt légal : août 1997.
Numéro d'imprimeur : 41981.*

ISBN 2-07-049776-3 / Imprimé en France.

83231